Diario de un ladrón de oxígeno

RESERVOIR BOOKS

Anónimo
Diario de un ladrón de oxígeno

Traducción de Eduardo Iriarte

Título original: *Diary of a Oxygen Thief*
Primera edición: junio de 2017

© 2006, Anónimo
© 2017, Penguin Random House Grupo Editorial, S.A.U.
Travessera de Gràcia, 47-49. 08021 Barcelona
© 2016, Eduardo Iriarte, por la traducción

Printed in Spain – Impreso en España

ISBN: 978-84-16709-87-8
Depósito legal: B-8.699-2017

Compuesto en La Nueva Edimac, S. L.
Impreso en Egedsa (Sabadell, Barcelona)

RK09878

Penguin
Random House
Grupo Editorial

Para Matty

1

Me gustaba hacer daño a chicas.

Mental, no físicamente. No he golpeado a una chica en mi vida. Bueno, una vez. Pero fue un error. Ya os lo contaré luego. El caso es que me molaba. Lo disfrutaba de verdad.

Es como cuando oyes que los asesinos en serie dicen que no lo lamentan, no sienten remordimientos por todas las personas que asesinaron. Yo era así. Me encantaba. Además, no me importaba cuánto tiempo me llevase, porque no tenía prisa. Esperaba a que estuvieran enamoradas hasta las trancas de mí. A que me miraran con ojos grandes como platos. Me encantaba ver su cara de conmoción. Luego los ojos vidriosos cuando intentaban ocultar cuánto daño les estaba haciendo. Y era legal. Creo que acabé con varias. Me refiero a sus almas. Eran sus almas lo que me interesaba. Sé que anduve cerca un par de veces. Pero no os preocupéis, me llevé mi merecido. Por eso os lo estoy contando. Se hizo justicia. El equilibrio se ha restablecido. Me pasó lo mismo a mí, solo que peor. Peor porque me pasó a mí. El caso es que ahora me siento purgado. Purificado. He recibido mi castigo, conque no pasa nada si hablo de ello. Al menos eso creo yo.

Arrastré la culpa por mis crímenes durante años después de haber dejado de beber. No podía ni mirar a una chica, y menos aún creía merecer charlar con ninguna. O quizá no tenía más que miedo a que me calaran. Sea como fuere, después de entrar en Alcohólicos Anónimos estuve cinco años sin besar siquiera a una chica. De verdad. Ni siquiera tomé de la mano a ninguna.

Iba en serio.

Creo que en el fondo siempre supe que tenía un problema con la bebida. Lo que pasa es que no llegaba a reconocerlo. Bebía simplemente por el efecto que me causaba. Pero, hasta donde yo sabía, ¿no hacía todo el mundo lo mismo? Empecé a darme cuenta de que algo iba mal cuando comencé a recibir palizas. La labia siempre me metía en líos, claro. Me acercaba al tipo más grande del local, le miraba los orificios de la nariz y le llamaba maricón. Y luego, cuando me metía un cabezazo, decía: «¿A eso lo llamas tú cabezazo?». Así que el tío me golpeaba otra vez, más fuerte. La segunda vez yo no tenía tanto que decir. Una de mis «víctimas» me aplastó la cabeza contra el quemador de una cocina eléctrica. En Limerick. Villa Navajazo. Suerte tuve de salir vivo de aquella casa. Sin embargo, lo hizo porque había estado tocándole loz huevoz porque ceceaba. Igual por eso me pasé a las chicas. Era más sofisticado, ya sabéis. Y las chicas no me partían la cara. Solo se me quedaban mirando con cara de incredulidad y espanto.

Sus ojos, ¿sabéis?

Todos los fingimientos y las normas se difuminaban. Solo estábamos nosotros dos y el dolor. Todos aquellos momentos íntimos, todos los suspiritos, las suaves caricias, las veces que habíamos hecho el amor, las confidencias, los orgasmos, los intentos de alcanzar el orgasmo… no eran más que mero combustible. Cuanto más metidas estaban en el asunto, más preciosas las veía al llegar el momento.

Y vivía para ese momento.

Durante todo aquel periodo en Londres, trabajaba como autónomo en publicidad. De director artístico, un término contradictorio donde los haya. Es lo que sigo haciendo hoy en día. Curiosamente, siempre he sabido conseguir pasta. Ya cuando estudiaba bellas artes me concedieron una beca porque mi padre se acababa de jubilar, así que yo de pronto cumplía los requisitos. Y después logré un trabajo tras otro sin muchos problemas.

Nunca tuve aspecto de borracho, solo lo era, y de todos modos en aquellos tiempos la publicidad era un mundillo donde la bebida corría mucho más que hoy en día. Puesto que era autónomo, podía buscarme yo mismo la vida, por así decirlo, y me mantenía ocupado asegurándome de tener citas concertadas. En teoría, ninguna de las chicas tenía que saberlo. Se trataba de tener una lista impresionante, de modo que cuando una chica se acercaba al punto de madurez –por lo general después de tres o cuatro citas con algunas llamadas de teléfono intercaladas–, otra entraba en escena. Entonces, cuando una iba a parar al basurero, otra nueva ocupaba su lugar. Mi método no tenía nada de raro, todo el mundo lo hacía. Pero yo lo disfrutaba muchísimo. No el sexo ni la conquista siquiera, sino causar dolor.

Fue después de mi noche de locura con Pen (enseguida me extenderé sobre eso) cuando me di cuenta de que había encontrado el nicho que me correspondía en la vida. De alguna manera era capaz de atraer a esas criaturas a mi guarida. La mitad de las veces lo que intentaba era ahuyentarlas, pero causaba justo el efecto contrario. Y el que se vieran atraídas por un mierda como yo me llevaba a detestarlas aun más que si se me rieran a la cara y se largaran. Por lo que a mi aspecto respecta, no soy nada del otro mundo, pero me dicen que tengo unos ojos preciosos. Unos ojos de los que no podría brotar nada más que la verdad.

Dicen que en realidad el mar es negro y que simplemente se refleja en él el cielo azul. Lo mismo ocurría conmigo. Os permitía reflejaros en mis ojos. Ofrecía un servicio. Escuchaba y escuchaba sin parar. Os depositabais en mí.

Nunca nada me había parecido tan ideal. Si he de ser sincero, incluso hoy en día echo de menos hacer daño. No estoy curado, pero no me propongo dedicarme al desmantelamiento sistemático como antes. La bebida no la echo en falta ni la mitad. Ay, cómo me gustaría volver a hacer daño. Después de aquellos tiempos excitantes oí un refrán que parece venir al caso: «Hacer daño a la gente hace daño».

Ahora veo que estaba sufriendo y quería que otros también sufrieran. Era mi manera de comunicarme. Conocía a las mujeres la primera noche y obtenía el inevitable número de teléfono y luego, después de un par de días, para que sudaran un poquito, las llamaba y fingía estar muy nervioso. Les encantaba. Las invitaba a salir, fingía que rara vez hacía «algo así» y decía que no había salido mucho por Londres porque en realidad no conocía el ambiente. Aunque eso era verdad, porque lo único que solía hacer era ponerme ciego perdido en bares de la zona de Camberwell.

Quedábamos en alguna parte. Me gustaba Greenwich, con el río, los barcos y los pubs, claro. Y tenía una atmósfera estupenda en plan novio/novia. Bonito y respetable. Yo ya estaba medio cocido antes de encontrarnos siquiera, pero me mostraba ingenioso y encantador, juvenil y trémulo. Procurando que me sintiera cómodo, sonreían y hacían algún comentario sobre mis temblores, convencidas de que estaba nervioso porque quería causar buena impresión. Si no ingería suficiente priva, todo mi cuerpo temblaba. Tenía que pedir dos Jamesons dobles en la barra por cada media pinta. Me pimplaba los Jimmys sin que ella lo viera y luego seguía con el espectáculo.

Qué maravilla.

La verdad es que no me importaba si me las llevaba a la cama o no. Solo quería un poco de compañía mientras me ponía ciego, mientras aguardaba a que brotara en mi interior la valentía suficiente para herir. Y parecían contentas de que no intentara magrearlas. A veces lo hacía. Pero casi siempre me comportaba bastante bien. Seguía así varias citas. Entretanto, las animaba a que me hablaran de ellas.

Eso es muy importante para alcanzar luego el momento culminante. Cuanto más confiaban e invertían en ti, más profunda era la conmoción y más satisfactorio el instante al final. Así pues, me contaban las costumbres de sus perros, los nombres de sus ositos de peluche, los cambios de humor de su padre, los miedos de su madre. ¿Me gustaban los niños? ¿Cuántos hermanos y hermanas tenía? Era una comedia de situación que debía tragarme. Pero estaba bien, porque sabía que a ella iba a borrarla del guión de la serie.

Ella hablaba y hablaba sin cesar, y yo asentía. Yo arqueaba una estratégica ceja. Sonreía cuando era necesario. Me reía a carcajadas o fingía sorpresa, lo que hiciera falta. Observaba a otros conversando y registraba sus expresiones faciales. Interés: enarca una ceja y levanta o baja la otra dependiendo de la conversación.

Atracción: procura sonrojarte. No es fácil (me ayudaba acariciar pensamientos de lo que iba a hacer más tarde). Y un sonrojo por lo general provocaba otro sonrojo a cambio. Es decir, si yo lograba sonrojarme, era más que probable que ella también se sonrojara. Comprensión: fruncir la frente y asentir con suavidad. Hechizado: ladear la cabeza y ofrecer una sonrisa de disculpa. Adoptaba esas máscaras prefabricadas en el momento adecuado. Era fácil. Era divertido. Los tíos lo hacían constantemente para pillar cacho. Yo lo hacía para vengarme. Ser Cruel con las Mujeres. Esa era mi misión. Más o menos por entonces descubrí el significado de la palabra «misógino». Recuerdo haberme tronchado al caer en la cuenta de que casi llevaba el prefijo «miss».

Lo único que sé es que me sentía mejor cuando veía a otra persona sufrir. Pero, naturalmente, a menudo disimulaban cuánto daño les había hecho. Sí, era un reto en sí mismo ayudarles a exteriorizar sus sentimientos, pero también era frustrante de la leche haberse tomado tantas molestias y luego no poder disfrutar de una restitución dramática. Por eso empezó a ser necesario condensarlo todo en un momento efusivo.

Sophie era del sur de Londres. Se encargaba del vestuario de Angus Brady en la comedia *¿No te alegras de verme?* La conocí en una fiesta de la Escuela de Bellas Artes de Camberwell en la que me había colado. Después de ella vino aquella diseñadora –cuyo nombre sinceramente no logro recordar– a la que sin duda hice mucho daño, porque no volvió a llamarme. Es curioso, porque aunque no volví a verla ni le oí decir una sola palabra más, supe que lo había pasado mal.

¿Cómo lo sé?

Lo sé.

Estuvo Jenny. Fue la que me tiró la cerveza a la cara. Me entusiasmó haber sido quien le provocara tanta ira.

Luego vino Emily. Pero en realidad ella no cuenta porque era tan buena como yo, si no mejor, en esto, sea lo que sea. Me enamoré de ella, más o menos. Laura apareció en torno a aquella época. Era una expublicista de un grupo musical con un culo soberbio que había sobrevivido a una hija de corta edad. Una mañana desperté y allí estaba su hija de ocho años viendo cómo intentaba desenredarme de los tentáculos pecosos de su comatosa madre.

14

Y luego, después de que me hubiera hecho sentir tan culpable que la llevé al colegio, me quedé con la sensación de que madre e hija se aprovechaban todo lo posible de los hombres que pasaban por sus vidas. Como los americanos nativos y el búfalo, los esquimales y la foca, la madre en paro y yo.

Y la que dio pie a todo el asunto.

Penelope Arlington. Había estado saliendo con ella cuatro años y medio. Mucho tiempo. Se había portado bien conmigo. Mejor que cualquier otra chica con la que hubiera estado. Cuando le hablaba, volvía la cabeza hacia mí y parecía abandonarse al significado de mis palabras. Eso me gustaba. Fue solo mucho después cuando averigüé que era horrible en la cama. Por entonces pensé que era una descocada. No lo era. Pero es a la que más lamento haber hecho daño. ¿Por qué? Porque no se lo merecía. Tampoco es que se lo merecieran las otras, pero ella no me habría dejado si no la hubiese destrozado. Y necesitaba que me dejara porque estaba empezando a molestarme para beber.

Y una noche, sencillamente estallé. La cosa llevaba mucho tiempo a punto de explotar. Hirviendo a fuego lento, burbujeando, cociéndose…, borboteando. Me pillé una cogorza de mucho cuidado y toda esta serie de acontecimientos empezó a tintinear como una cadena. ¿Por qué habría de proponerse alguien romperle el corazón a un ser querido? ¿Por qué alguien causaría intencionadamente tanto dolor?

¿Por qué se mataba la gente entre sí?

Porque disfrutaban. ¿De verdad era tan sencillo? Para lograr partirle el alma a alguien como es debido, lo mejor es que quien lo hace haya pasado por la misma experiencia. La gente herida es más hábil para herir a la gente. Un rompecorazones experto conoce el efecto de cada incisión. El filo entra casi sin que se de cuenta, el dolor y la disculpa infligidos al mismo tiempo.

15

Me había cansado de la chica con la que llevaba saliendo cuatro años y medio. La quería. Eso fue lo más horrible de lo que os voy a contar. Existe la posibilidad de que esté por ahí leyendo esto ahora mismo. El resto de vosotros mirad hacia otra parte; lo siguiente es solo para ella.

Pen, lo siento mucho. Necesitaba hacerte daño. Sabía que lo nuestro estaba acabando. Sabía que habías empezado a despreciarme. Intentabas ocultar cómo te sentías, pero se te notaba en la cara. Asco. Empecé a detestarte por no tener el valor de decirme lo que de verdad pensabas de mí. Así que tuve que tomar una decisión por ti.

Ahora ya podéis volver a mirar los demás.

Era un viernes por la noche en un pub de Victoria Park. Acabé de trabajar temprano. Era la enésima agencia de publicidad donde el enésimo puñado de conceptos había sido machacado por el énesimo director creativo torpe. De una cosa estaba seguro: tenía que pillarme una cogorza de campeonato, así que empecé a trasegar pintas de cerveza a un ritmo alarmante.

El camarero, lleno de arrugas, parecía preocupado. Luego whisky. Para las siete y media de la tarde estaba dando tumbos. Había quedado con Penelope a las ocho. Tuve que llevar la bicicleta andando hasta donde habíamos quedado. En otro pub, naturalmente.

Ira. Aburrimiento. Ebriedad. Una mala combinación. Empecé con algo parecido a:

—¿Cómo puedo echar por la borda cuatro años?

Su mirada burlona vino seguida por una evasiva en forma de:

—¿Te gusta mi blusa nueva?

—Parece. Un. Mantel.

Mirada dolida, seguida por:

—¿Otra?

Más priva. Eso solía dar resultado.

—¿Novia? Sí, por favor.

Ahora no tan dolida como aburrida. Paseó la mirada por el pub. Silencio.

Luego dijo:

—Vamos a otro sitio.

Eso también solía dar resultado. Pero decidí que esa noche no iba a darlo. Esa noche no. Esa noche íbamos a ir hasta el final. Esto no era más que el perímetro, los primeros sacos de arena de la defensa. Mi grupo de gráciles terroristas emocionales sortearon con malicia semejantes insultos a su entrenamiento.

—Claro. Vamos a algún otro sitio.

Hice propósito de no decir nada entre ese pub y el siguiente. Tuve éxito. Ahora ella estaba temblando. Insegura. Yo también temblaba. De emoción. Pidió unas bebidas en la barra. Y una mierda iba a pagarlas yo, y además busqué sitio en una mesa circular, comiéndome con los ojos a otras chicas. Se dio cuenta. Esa era mi intención. Aun así, no reaccionaba. Había en juego cuatro años y medio. Buenos, en su mayor parte. ¿Por qué no iba ella a permitirme tener una noche chunga? Pero eso era lo más excitante. Ya me había decidido. Y ella no podía saber lo que tenía en la cabeza. Una imagen mía dándome un revolcón con aquella zorra de piel blanca y venas azules y con un solo pecho. Sabía que podía dejar a Pen paralizada. Probablemente ella también podría dejarme paralizado a mí, pero no iba a hacer nada semejante porque yo se lo iba a hacer a ella antes.

Pero ¿por qué? Sabía que no tenía sentido. La quería a mi manera. Mucho. Era preciosa, divertida y cariñosa, pero yo estaba aburrido, muy aburrido. Tenía que pensar en otras chicas para que se me pusiera dura. No quería emprender el largo y arduo camino hasta su orgasmo, por no hablar del mío. Temía tocarla por si lo interpretaba como una solicitud de sexo. Así pues, para sentir algo entre tanto entumecimiento, decidí perpetrar en mi alma y en la suya el equivalente a apagar cigarrillos en mis entumecidas extremidades. Tenía la esperanza de que si experimentaba dolor, lo agradecería como un indicio de vida.

O igual sencillamente estaba borracho.

En cualquier caso, había tomado una decisión firme.

—Esta es la cara que pongo cuando finjo escuchar tu coñazo de conversación.

Adopté mi expresión más dulce, los inocentes ojos azules dilatados de pseudointerés, la misma expresión que había utilizado con mis profesores. Pen me miró con recelo. Eso era nuevo. Volví la cara, como un imitador que se preparase para hacer su siguiente personaje.

—Esta es la cara que pongo cuando finjo estar enamorado de ti.

La miré tiernamente pero con respeto, como tantas veces había hecho, y además de corazón. Incluso ahora lo hacía de corazón, pero solo porque quería que resultara convincente.

—Espera. ¿Qué más? Ah, sí. Esta es la cara que pongo cuando finjo que eres aunque solo sea un poquito ingeniosa para poder pillar cacho luego.

Y eché la cabeza hacia atrás en una carcajada al tiempo que la ladeaba un poco y lanzaba una mirada furtiva por el rabillo del ojo. Lo siento, chicas. Los tíos también sabemos todo esto. Ella empezaba a verse el percal. Sus ojos perdieron brillo. Podía echarle una mano con eso.

—Y este soy yo.

Esto lo disfruté especialmente. Había sido la muletilla de Ted Carwood, un imitador británico muy famoso que acababa todos sus espectáculos con esa revelación antes de darnos las buenas noches. Era el único momento en que se mostraba tal cual era. Yo añadí una variación. La expresión de acompañamiento en mi caso fue de pura provocación. Una mezcla de Pégame y Que Te Den que normalmente reservaba para las peleas en bares con hombres mucho más grandes que yo. Siempre daba resultado. Estaba diciendo que era una cobarde si no me pegaba. No me pegó, claro. Simplemente se quedó mirándome. Con inocencia. Era más divertido de lo que había esperado. ¿No debería estar llorando, al menos? Estaba impresionado, la verdad. Pero hasta entonces no estaba haciendo más que meros ejercicios de calentamiento.

—Crees que estoy de broma, ¿verdad?

No hubo respuesta.

—Esta noche voy a cargarme nuestra relación. Y no puedes hacer nada al respecto. Vas a tener que quedarte ahí sentada y escuchar mientras extirpo el «tú» del «nosotros». Pondrás en duda tu propio criterio. Quizá no vuelvas a confiar de verdad en ti misma. Eso espero. Porque si yo no te quiero, y te aseguro que no te quiero, tampoco quiero que seas feliz con ningún otro, cuando no cabe la menor duda de que yo puedo irme con otra chica.

Ya sabéis que todavía no era consciente de que me convertiría en el Horno para Almas que veis ante vosotros. Pero estaba perdiendo la rectitud que creía merecer, así que añadí:

—Tienes el coño flácido.

Ella lo oyó pero no supo muy bien cómo reaccionar. También con eso podía ayudarla.

—Voy a decírtelo de otra manera. Tienes la vagina muy dada de sí…, como demasiado usada.

Ahora sí que habíamos entrado en materia. Se le dilataron los ojos. Vi cómo intentaba contener la indignación. Pero era tarde, ya me había metido dentro. Casi era capaz de ver a través de sus ojos. No podía ocultarse. No de mí. Era el poli de la secreta. Conocía todos sus movimientos. Había contribuido a crearlos. Era facilísimo.

—Tienes las tetas caídas.

Se lo lancé igual que un puñetazo. Me recosté para ver mejor el efecto.

—Son demasiado grandes y cuelgan mucho.

Eso por si le quedaba alguna duda. La conmoción puede proteger y atenuar la fuerza del golpe. Más vale asegurarse de que se ha alcanzado el objetivo. Un poco de confusión, eso sí, a veces tiene su gracia porque provoca expresiones maravillosas. A menudo ella te sonríe después de la entrega del despreciable paquete, sin ser consciente todavía de su contenido.

—Para que se me ponga dura, tengo que pensar en alguna chica que he visto en el autobús.

Esperé a que hiciera mella. Me llevé la mano a la barbilla como si estuviera pensando la siguiente frase. Adopté el semblante más dulce posible. Soy atractivo cuando me lo estoy pasando bien, o eso me han dicho.

—Por cierto, me acosté con otra chica aparte de la que te dije.

Ahora iba ganando, así que sonreí con aire compasivo.

Un vencedor no quiere regodearse. Solo ganar. Me miró como si fuera otro, una persona nueva. No tenía nada más que sacar. Ni siquiera estaba seguro de querer oír lo que saldría. Por muy bien escogidas que estuvieran las palabras, no siempre se podía confiar en que la voz las transmitiese a la perfección. Aclararse la garganta, ahí estaba el dilema. Carraspear sin hacerle saber cómo le afectaba. ¿Por qué lo estaba haciendo? El porqué daba igual, el caso es que estaba ocurriendo.

—¿Ya has tenido suficiente?

No vaciló. Solo un gesto de asentimiento. Abajo y arriba otra vez. Debía de haber percibido clemencia en el ambiente. Se equivocaba. Lo único que ella había hecho era hacerme saber que le estaba causando el efecto deseado. Que estaba sollozando por dentro.

—Sí, bueno, aun así… He hecho cosas mucho peores que acostarme con otra chica. Es muy malo, incluso para mí. Tan malo, en realidad, que voy a ahorrártelo. Quizá te lo cuente más adelante. Quizá no. Pero te desmoronarías si te lo contara, y no estoy seguro de querer que te desmorones todavía.

Estaba tan conmocionada que no tenía sentido continuar. ¿Sentía yo remordimientos? En absoluto. Para seguir torturándola, me interesé por su trabajo, su blusa y su vida.

Para enfurecerla aún más, tuve buen cuidado de utilizar algunas expresiones faciales que ya había inmortalizado. Y me parece recordar que le sableé algo de dinero para pagar más copas.

Pero, un momento, hay otra cosa. Esto es lo raro. Porque ahora le había dado una buena razón para vengarse de mí, le había ofrecido opciones. Las claves, por así decirlo, para acceder a mí. Creo que fue ahí donde calculé mal.

Mi lógica era la siguiente: si alguien te hace daño, automáticamente quieres vengarte. No importa cuánto tiempo te lleve, quieres vengarte. Pensaba que si le hacía suficiente daño, querría vengarse. Por lo tanto, no tendría que preocuparme por no volver a verla. Porque eso era lo que más miedo me daba: el hecho de que la estaba perdiendo. La cuestión era cómo no perderla para siempre. Le di algunas pistas acerca de cómo lograr hacerme daño a mí.

Amor encubierto.

Nunca hay que permitirle saber cuánto la quieres, o acabará contigo utilizando eso. Por desgracia y por lo que a mí respecta, sigue habiendo algo de cierto en ello incluso hoy en día. Pero eso da igual. Hablamos de hace…, Dios santo, ¿diez años?

Sí, creo que hace diez años.

—Llámame todas las noches a las ocho durante unas semanas, y cuando conteste no digas nada. Sobre todo que no haya música de fondo. Por cierto, siempre quise follarme a tu hermana; creo que ella se hubiera prestado, además. Quiero que recuerdes estas cosas que te pido que hagas. Sé que hay un tipo que va detrás de ti en el trabajo. Quiero que te vayas a pasar un fin de semana con él. ¿Por qué no? Te lo mereces. Vete sin más. No me avises con antelación. Ni siquiera me acordaré de que te estoy diciendo esto. Lo más probable es que tenga una laguna… Luego voy a pasarme al brandy. Eso siempre me deja lagunas. Bueno, ¿lo harás? Buena chica. Además, sígueme en tu coche. Igual hasta puedes cambiar de coche. Puedes usar a Paul como mensajero si te apetece. Quieres ser libre, ¿no? Sobre todo después de esta noche. Sí, claro que quieres. Pues bien, haz esas cosas o te daré la vara eternamente. Lo digo en serio. Tal vez solo hagas algunas. No pasa nada, y es posible que se te ocurra alguna idea propia, y eso también está bien, pero quiero que te vengues de mí. Quiero que me odies. Te estoy ayudando a odiarme. Te hago un favor, te dejo libre y te pido que hagas lo mismo por mí. ¿Por favor?

Había recitado este monólogo con toda la sinceridad posible. Iba en serio. Quería que ella quisiera hacerme daño. Así sería el nuevo «nosotros». Me miró. Miró mi interior. Aquellos hermosos ojos vidriosos, brillantes cual pequeñas magulladuras azules. Y, sin embargo, ella parecía más fuerte que nunca. Sin ataduras. A su aire. Fuera de alcance.

De mi alcance.

Ya estaba hecho. Cuatro años y medio. Tenía que asegurarme de que siguiera conociéndome. Al mismo tiempo, me traía sin cuidado. Necesitaba algo, cualquier cosa que me empujara hacia delante. Más allá del borde del precipicio, si era necesario. Quería culparla por lo que podía ocurrir. Quería convertirla en un ser mitológico. La Que Se Vengaría De Aquel Que Osara Rebelarse.

El amor ha matado a más gente que el cáncer. Bueno, igual no ha matado a tantos, pero ha empañado más vidas; acabado con más esperanzas, vendido más medicamentos, provocado más lágrimas.

Al mirar atrás, veo que en el fondo era eso: estaba haciendo un casting para el papel de Heathcliff en Hackney. Añadí unos cuantos insultos escogidos –tu padre es idiota, tu hermano es tonto del culo, tú no eres lo bastante lista para ser mi novia porque soy un genio y estoy cansado de fingir que soy menos inteligente de lo que soy en realidad para que puedas estar a mi altura– y me fui a la barra a por un brandy. Como podéis ver, acabé recordando la mayoría de los detalles, aunque bien pudo haber ocurrido algo más.

Por su bien, espero que no fuera así.

Esa noche, mientras intentaba zamparme un kebab, me caí de mi bicicleta grande y negra allá por Victoria Park. Me traía sin cuidado si llegaba o no a levantarme del asfalto. Estaba venga a reírme y cantar «Born Free» y de algún modo volví pedaleando hasta su casa esa misma noche. Como siempre, ella me había dejado la puerta abierta.

Recuerdo haber pensando: «Vaya zorra… no me ha tomado en serio».

Pero cuando aparté las sábanas a zarpazos y me acosté a su lado, noté las vibraciones que provocaba al dormirse llorando. La recuerdo vistiéndose a la mañana siguiente. Retorciéndose para ponerse ropa interior blanca a juego. Ante el espejo, estaba despampanante. La expresión de su rostro mientras decidía si le agradaba su propio aspecto contrastó bruscamente con la que adoptó cuando me pilló mirándola. Podría haber sido un indigente asomando la cabeza por debajo de la manta.

Se fue con aquel tipo de su oficina. No estaba preparado para el dolor que me causó. Me sentí como debió de sentirse ella cuando le hice daño.

Para el caso, es lo mismo discutir con el espejo que discutir con otros. Después de todo, ¿no somos todos en realidad la misma persona?

Sea como sea, debo decir lo siguiente. Después de irse Pen, alguien estuvo llamándome todas las noches a las ocho durante unas dos semanas. Aquello me dejó helado de veras. Yo contestaba y… nada. Quienquiera que fuese, se limitaba a colgar suavemente. El «suavemente» me asustaba más que cualquier otra cosa. Sin pasión. Esa intriga encajaba con mis delirios paranoicos, y lo de beber había pasado de ser una costumbre a una ocupación a jornada completa. Iba a matarme, y la perspectiva me alegraba.

Atribuí mi infortunio a la astucia y al ingenio de aquella ratonil chica de Stratford-upon-Avon llamada Penelope. Y aunque me halagaba que quisiera vengarse, no caí en la cuenta de que dejar que me cociera en mis propios jugos paranoicos era venganza suficiente. Yo mismo me haría más daño del que ella pudiera soñar causarme. Cuando estuve a punto de morir emparedado entre un coche y un motorista, llegué a imaginar que ella lo había orquestado todo. Salí con la bici aplastada y la muñeca rota. Cómo me encantó que se tomara tantas molestias en nombre de la venganza romántica contra mí.

Debía de quererme, después de todo.

No podía mear porque el brazo izquierdo se me había quedado inservible y el derecho estaba totalmente arañado por el asfalto. Tenía la vejiga en llamas, los dos brazos tendidos como si estuviera pidiendo limosna a los demás aspirantes a pacientes de urgencias, y estaba sonriendo. Porque Penelope me quería lo suficiente para idear aquel intento de acabar con lo que yo llamaba irónicamente mi vida. Fantaseaba con que en cualquier momento aparecería vestida de enfermera y me haría una larga, lenta y estupenda paja…, pero solo después de haberme ayudado a echar una larga, lenta y estupenda meada.

Más adelante, me convencí de que se había presentado en el apartamento de mierda que yo ocupaba en un sótano disfrazada como posible compañera de piso. No fui capaz de tomarme en serio a esa «candidata». Cuando preguntó dónde estaba el cuarto de baño, por ejemplo, reprimí los deseos de aplaudir. Me pareció desternillante que, después de haber estado en el piso cientos de veces, me preguntara tan convincentemente cualquier cosa al respecto. Sabía del piso más que yo, teniendo en cuenta lo a menudo que yo perdía el conocimiento. Pero no quería fastidiarle el numerito. Recibí todas y cada una de las preguntas con una sonrisa de felicitación y las contesté en tono de burla. Sonriendo más de la cuenta y asintiendo en ademán de complicidad, acompañé a la puerta a la joven.

No se quedó con la habitación.

Pues bien, ese soy yo. Mi chica me había dejado por otro tipo, que tenía su propio piso, coche y un abrigo. Yo estaba adentrándome en un mundo de dolor, no todo mío.

Empieza a sonar música country.

2

Así pues, ahora estaba listo para transmitir a los no iniciados lo que había aprendido. Los no heridos. Los inocentes. Una vez eliminada la novia, más me valía dedicarme a mí mismo. Llevaba un cabreo de mil demonios y lo único que quería era que otros sintieran lo mismo.

Sobre todo chicas. Lo había provocado una chica, conque una chica tendría que pagar por ello. Quería hacer daño. Era todo un mundo nuevo para mí. Nunca había imaginado que fuera posible sentirse tan dolido. Me habían dado un montón de palizas, y no era nada parecido.

No había esperado sentir dolor físico. Una quemazón en el pecho como si de alguna manera, de la noche a la mañana, se me hubiera alojado allí un pedrusco candente. Una especie de pánico demorado que iba revelándose poco a poco. Justo lo contrario a la excitación. Al mismo tiempo, notaba que unos dolores punzantes me recorrían los brazos de arriba abajo. ¿Qué era? ¿Rechazo? ¿De verdad resultaba tangible hasta ese punto? Solo pensaba en que, si yo podía sentir tanto dolor, sin duda podía causar el mismo daño a otros. Eso me consolaba.

Analicé y almacené todos y cada uno de los nuevos estremecimientos de malestar. Registré lo que había ocurrido y cómo me afectaba. Llamé y le pedí a su contestador automático que me hiciera daño. Para ser libre, necesitaba odiarla. Lo nuestro se había terminado, pero no podía soportar el hecho de seguir necesitándola. Así que le rogué que me hiciera daño, cosa que hizo negándose a ello. Entretanto, me lancé a la noche londinense en busca de corazones que acuchillar.

Una maestra de Irlanda. De unos veinticinco años. Virgen. No, en serio. Decía que yo poseía «un dominio envidiable de la lengua inglesa». No estaba seguro de lo que iba a hacerle. La respuesta me vino cuando me metí en su cama después de cocinarle mi pollo deshuesado especial, cuya preparación me asustaba incluso a mí debido a toda la carne que había que desgarrar del hueso. Estaba prometida. La aborrecí por ello. Salió a colación que ser virgen la avergonzaba. No quería que su prometido se la encontrara todavía intacta en su noche de bodas.

Yo no sabía por dónde empezar.

¿Enseñándole algún que otro truco guarro que sembrara semillas de duda en la mente del novio? Por ejemplo, yo nunca he visto con muy buenos ojos a una chica que se lo traga. No me malinterpretéis, es fantástico e irradio gratitud cuando ocurre, pero en realidad solo una zorra haría algo así. No es un comportamiento propio de una esposa en ciernes.

De algún modo era evidente que debía dejar su virginidad intacta. En realidad, el asunto giraba en torno a él. Cómo hacerle daño a través de ella. ¿Sexo anal? Así seguiría siendo virgen. ¿De verdad quería perder la virginidad, o iba de farol? Después de una botella de vino inmensa, buena parte de la cual me bebí a morro, se suponía que yo iba a dormir en el sofá.

Eso hice hasta las cuatro, cuando desperté empalmado y me acosté a su lado, encontrándome solo una resistencia simbólica. De verdad quería que la desvirgara. Pero no me hacía gracia verme como una especie de fontanero sexual. Quería estar presente en su noche de bodas. Quería que su cuerpo recordara el mío del mismo modo que yo recordaba el de Penelope. Empecé a comérselo. Durante dos horas. Cuando se le ponía demasiado sensible, esperaba y empezaba a lamérselo de nuevo muy suavemente.

De vez en cuando levantaba la vista para decirle lo preciosa que era. Le soplaba aire fresco. Le acariciaba la cara interna de los muslos e intentaba imaginar que estaba enamorado de ella, comportándome como tal. Le metí un dedo y noté la estalactita de su himen. Me anduve con cuidado de no rasgarlo. En un momento dado, tenía un dedo a cada lado. Ella levantó las caderas, ofreciéndome su cáliz pélvico. Bebí ruidosamente a sorbos, convencido de que su noche de bodas sería la primera de muchas de frustración sexual mientras procuraba comunicar sus necesidades sexuales a su maridito sin dar a entender una carencia de habilidad sexual por parte de él. Le ofrecí un incentivo para desarrollar su propio «envidiable dominio de la lengua inglesa».

Luego vino Lizzie. Tenía su propio piso. Unos preciosos suelos de madera y unos maravillosos techos altos. También tenía pelos en el culo. Eso era delito suficiente, pero ¿cuál era su segundo delito? Me apreciaba de verdad.

No tardaría en ocuparme de ello.

Acababa de salir escaldada de una larga relación y estaba muy sensible. Yo tenía otras dos en marcha cuando tuvimos nuestra primera cita. Mi nerviosismo hizo que Lizzie se sintiera más cómoda. Creyó que era porque no estaba seguro de lo que sentía por ella.

La verdad resultaba menos halagadora.

Era un alcohólico que necesitaba echar un trago.

Acabé haciéndomelo con ella en el suelo de la cocina cuando ella estaba a medio preparar no sé qué plato vegetariano de mierda. Encima de las baldosas sucias mientras las cazuelas hervían simbólicamente sobre nuestras cabezas. Con las ventanas empañadas. Su rostro mirándome con incredulidad, la barbilla enterrada bajo el jersey y el sujetador subidos. Los ojos como platos. Igual que una niña. Después de dejarla así, no volví a verla. Más adelante, me dejó un mensaje en el contestador diciendo que la había violado.

Desde el punto de vista emocional quizá la violé, pero físicamente se prestó a ello. No cabe la menor duda. Le encantó. Vi cómo empezaba a guardarse los recuerdos mientras me la follaba. Su rostro escrutándome de arriba abajo, registrando las imágenes igual que una cámara recubierta de carne, primer plano de la cara de él, se abre el plano hacia el folleteo ahí abajo… corten.

Tal vez haya una ley, después de todo. De la naturaleza. Como la gravedad. Un axioma no escrito que rige nuestras transacciones emocionales. Lo que haces vuelve a ti con el doble de fuerza; qué coño, con el triple de fuerza. No somos castigados por nuestros pecados, el castigo son nuestros pecados.

Desde el momento en que conocí a Jenny, supe que iba a hacerle daño. Solo era cuestión de dónde y cuándo. Supongo que no era culpa suya que incluso se pareciese un poquito a Pen. Fue eso lo que de algún modo me dio carta blanca para hacer lo que hice. Después de estar toda la noche de juerga, volvía a regañadientes más o menos en dirección a lo que no sin sorna llamaba mi casa cuando caí en la cuenta de que necesitaba privar más. Nunca tenía suficiente. Hasta soñaba con la priva. Una noche estaba bebiendo whisky, y mientras me bajaba por la garganta pensaba: «Necesito un trago». La cosa tiene gracia.

En cualquier caso, uno de los principales obstáculos para conseguir más priva era que no tenía dinero. Y el dinero se me acababa porque no siempre podía contar con lograr más encargos como director artístico autónomo. Casi no tenía que pagar alquiler porque sableaba al Ayuntamiento, que me pagaba el alquiler y la electricidad. Lo único que tenía que hacer era ir a firmar a la oficina de desempleo cada dos semanas.

Las fiestas eran un buen sitio donde proveerme, sobre todo las fiestas que ya iban de capa caída. Los aficionados o bien habían perdido el sentido en el suelo o bien estaban en casa, arropados en sus camitas.

La música. La ventana muy iluminada. No me hacía falta ser Sherlock para deducir que iba a haber un frigorífico lleno de priva. Todo el mundo llevaba algo para parecer generoso. Sobre todo si era una zona acomodada, pero entonces era un poco más difícil porque debía reservar el ingenio para los complejos cruces verbales. Tenía que resistirme a la tentación de estallar en llamas debido a la furia que me provocaban esos cabrones. A los que más odiaba era a esos, los que llevaban una vida regalada, los que a mi modo de ver nunca se veían obligados a trabajar, los que no apreciaban lo que tenían. De adolescente en Deelford había tenido que recoger remolacha azucarera en campos donde hacía un frío helador, provisto solo de unos calcetines viejos a modo de guantes. Las remolachas se congelaban en los surcos y teníamos que desprenderlas una a una a patadas de su cuenca terrosa antes de tronchar el tallo con cuchillos remolacheros. El término «trabajo duro» es relativo.

Conque llamaba al portero automático y decía: «Lo siento, llego tarde».

La puerta se abría y no podía por menos de sonreír mientras subía las escaleras de tres en tres. Si la puerta no estaba abierta, no tardaba en abrirse. Nunca parecía borracho, solo era un borracho. Allá que entraba. Primero iba al retrete y o bien vomitaba para dejar sitio para más priva o sencillamente tanteaba el terreno. Luego a la nevera. Oh, dichoso rectángulo blanco. Un hospital en miniatura en un mundo vapuleado.

El musical chasquido al abrirse. La luz radiante en su interior. Ahí. Una botella llena y aún sin abrir de vino barato con unas cuantas latas de cerveza variadas, los restos de los packs de seis.

De vuelta al salón con el vino después de escanciarlo en un vaso de pinta para no tener en la mano una botella que su dueño podría reconocer.

Y allí estaba. Sentada a solas. Sola en un sofá a las cuatro de la madrugada, en una fiesta donde no quedaban más que tres personas en pie. Y yo era uno de los tres. De piernas largas, elegante y desde luego fuera de lugar, me hizo pensar en una sesión fotográfica para *Vogue*. Chica preciosa en entorno sombrío. La hija rica y culta de algún primer ministro inglés visitando lugares tan poco recomendables como Camberwell.

En fin, que me propuse follármela en cuanto me dejé caer a su lado. Incluso en el estado tan comatoso en que me encontraba, me di cuenta de que sacarla a bailar, aunque no pudiera ni levantarme del sofá, era un gesto simpático. Bailar con una pinta de vino en una mano y un porro en la otra era ir de malotes. Antes de darnos cuenta, nos estábamos besando.

Dos semanas después me tira una cerveza a la cara, y tres horas después de eso, veo que su coche está aparcado delante de mi piso cutre del sótano. Estaba borracho e iba bamboleándome en la bicicleta. Ella iba en un Ford no sé qué. En cuanto doblé la esquina, el coche arrancó y se lanzó hacia delante con ferocidad.

El vehículo parecía un insecto mecanizado al que le hubieran arrancado las piernas y lo hubiesen despertado a golpes para seguir torturándolo. Me reí lo bastante fuerte para que lo oyera por la ventanilla abierta, de la que salía humo de tabaco.

Intenté comportarme como si fuera a lomos de un caballo. Ella volvió a arrancar y se marchó enfadada. Enfadada: oí como cambiaba de marcha a trompicones. ¿Qué había provocado el fútil despliegue de emoción? Meras palabras.

Esa misma tarde, antes de eso, me había preguntado qué tal lo había pasado el fin de semana.

–Nada mal –dije–. Eché un polvo.

Asombrada, me miró con la misma sonrisa interrogante propia de la pregunta que acababa de formularme.

La cerveza me alcanzó en la cara con tanta fuerza que creí que me había dado una bofetada. Pero no solo le había soltado la frase; había ido acompañada por La Sonrisilla. Penelope había sentido su envergadura, y ahora le tocaba el turno a Jenny. Nunca me habían tirado cerveza a la cara. Era halagador. Jenny se levantó, cogió la chaqueta del respaldo de la silla de un zarpazo y se marchó. Después de lamerme lentamente de los labios un poco de la cerveza derramada, crucé con el camarero una mirada que venía a decir «Las tías, ya se sabe» y volví a mi cerveza aún intacta. Por poco tiempo.

Hablando de la propensión a las chifladuras y del arte de La Sonrisilla, hacía tiempo que no pedía a gritos que me dieran una paliza. El Swan, en el sur de Londres, era el marco ideal para semejante aspiración.

Muy irlandés, muy propenso a las trifulcas. Con muchos, muchos seguratas. Se subían a taburetes para vigilar mejor los tejemanejes perpetrados por exiliados irlandeses que no paraban de beber, como yo. Estaba enfrascado en una conversación con un pelirrojo alto de Dublín. Los empujones para posicionarse eran frecuentes mientras los demás exiliados intentaban acercarse un poquito más a su querida tierra natal por medio de la Guinness.

El lugar que ocupábamos el dublinés y yo era sagrado. Justo delante de la caja. Era necesario llegar a las tres de la tarde para ocupar ese sitio. Yo llevaba allí desde la una. Así que me vuelvo hacia el dublinés y le informo sin faltar a la verdad:

—Llevo oyendo tus gilipolleces todo el día y estoy hasta los putos huevos. No me importaría tanto, pero es que, para más inri, tenías que ser de Dublín.

De inmediato me metió un cabezazo tan fuerte que vi cómo un grumo de sangre caía en mi pinta. Y me planteé si debía filtrar la sangre con los dientes para aprovechar los dos dedos de cerveza que quedaban en el fondo del vaso. Empezó a parecerme importante contener la sangre que caía en el interior del vaso, no fuera por alguna razón a manchar de sangre todo el local.

En cambio, decidí anunciar:

—Uno de los dos va a largarse del bar, y no voy a ser yo.

Levanté la vista hacia mi agresor, cuyo semblante reflejaba hasta qué punto agónico estaba sediento de sangre.

Se congela la imagen.

Solo he visto esa expresión tres veces. Aquella fue la primera. La siguiente fue cuando me tiró de la bicicleta el motorista «contratado» y estaba esperando a que los de la ambulancia comprobaran si tenía alguna lesión grave.

Estaba tumbado boca arriba, con miedo a mirarme las piernas. En el piso de arriba de un autobús iba sentada una anciana con un abrigo marrón. El autobús tuvo que detenerse, es de suponer que debido a la conmoción general. La expresión de la vieja bruja era exactamente la misma que la de nuestro amigo de Dublín en este momento. Fijaos. Incipiente barba pelirroja, la lengua asomando un poquito entre los labios carnosos: vaya cara de coño tiene el hijoputa. Asomaron otras cabezas hacia lo que bien podía haber sido el último pedazo de cielo que yo veía, pero fue el rostro de la vieja el que presidió mi espera a la ambulancia.

Allí tumbado, sonaba la canción de Elvis Costello «Accidents Will Happen", no es coña. Aunque retorcido, mi walkman seguía encendido y en funcionamiento. La vieja vaca que miraba desde allá arriba parecía asentir siguiendo el ritmo de los sentimientos del señor Costello. Intenté deducir la gravedad de mis heridas por la expresión de la anciana. Ojalá no lo hubiera hecho, porque si era una mala puta, la leve sonrisa que había en su cara quería decir que estaba jodido y que tenía las piernas hechas picadillo.

Pero si era una persona entrañable que daba de comer a las palomas y acariciaba a los perros extraviados, me encontraba bien porque sonreía por mí. Decidí que era una mala puta y que estaba jodido.

La tercera vez que vi esa expresión fue cuando la chica que amaba… Un momento, todo este puñetero asunto va de eso. Ya llegaremos a eso.

Se descongela la imagen.

El dublinés tenía el mismo aspecto que si se me acabara de follar. Me había llevado todo este rato caer en la cuenta de que había recibido un cabezazo. No sentía dolor. Solo como si las luces se hubieran atenuado. Como si alguien hubiera girado un mando de esos en el quicio de la puerta de un salón.

—No. Vamos a hacerlo limpiamente. Nada de vasos —dijo.

Supe de inmediato a qué se refería. Pensaba que iba a meterle un vasazo, o que se le había pasado por la cabeza la idea de meterme un vasazo a mí.

Estaba concentrando mi atención en dirigir el extraño goteo de sangre, que bien podría haber estado cayendo del techo, hacia el vaso de pinta que sujetaba con la mano derecha. Por algún motivo, no ensuciar el suelo del Swan se había convertido en algo muy importante.

Un vasazo consiste en encajar el golpe de un vaso de pinta en la cara. La boca del vaso se coloca en torno a la barbilla y debajo de la nariz. Luego se ejerce una fuerza considerable con la base de la mano contra el culo del vaso. El atractivo rostro que sobrevuela la escritura de estas páginas no puede sino estremecerse al imaginar lo que habría podido ocurrir aquella noche.

Así pues, allí estaba con media pinta de mi propia sangre en la mano y él se moría de ganas de pillarme de la peor manera posible.

De pronto lo levantaron de un tirón, como si lo succionase un aspirador inmenso. Al caer en la cuenta de su expulsión inminente, el dublinés me agarró del cuello del abrigo y me llevó consigo a rastras. Formamos una reticente hilera, como si fuéramos bailando la conga en un tren cuya locomotora eran dos y luego tres seguratas recién descolgados de su taburete.

No hay nada como echar un trago tranquilo, desde luego.

El dublinés quería sacarme de allí para darme una paliza con calma, pero yo simplemente me zafé del abrigo y volví a plantarme en mi asiento ante una pinta de deliciosa sidra de barril recién escanciada.

Por cuenta de la casa. Uno de los dos acabó yéndose del bar, después de todo. El abrigo me lo devolvió bien dobladito uno de los heroicos empleados del Swan, al que deseo toda la prosperidad del mundo.

¿Después de Penny? Vino…, veamos… Sigo sin acordarme de cómo se llamaba. Era, o decía ser, diseñadora. Pelazo castaño rizado. Brillante. Atractiva. Con treinta y tres años, aparentaba treinta y ocho. Vieja para uno si uno tiene veintinueve. Aunque me sentía como si tuviera ochenta, eso sí.

–¿Te gustan los árboles?

Eso fue lo único que le dije. Luego me contó que mi pregunta la había cautivado. Se dio cuenta de lo que me traía entre manos mucho más rápido que cualquiera de las otras. Pero no a tiempo. Un domingo, pasé un día agotador con ella, esperando que llegara la noche. Preparó la cena. Pollo. E invitó a sus dos fornidos hermanos. En aquel momento creí que era por mí.

Nunca he sido fumador de porros. Era bebedor, ya sabéis. Pero ese día estaba sin blanca, así que fum-m-m-m-é tanta mierda de aquella como pude. Lo único que hizo fue incrementar mi ya considerable paranoia a niveles internacionales. Pensé que los hermanos iban a darme por el culo como sorpresa después de la cena y matarme a hostias con sus puños blancos.

Estaba colocado. Cuando por fin salió, el pollo parecía un ñu despellejado que hubiera pasado demasiado tiempo en la sabana. Yo estaba tan colocado que tenía la sensación de que el bicho seguía respirando. Un cadáver vengador, furioso. Por fortuna, alguien había traído una botella de vino tinto. Tuve que resistirme a la tentación de lanzarme sobre la mesa y agarrarla por el cuello. Me tomé una copa.

Y ella tuvo la jeta de dejar caer indirectas acerca de lo mucho que bebía. ¿Y eso viniendo de una fumeta? Luego tuve que esperar a que se hubiera agotado todo ese rollo patético de hermano-hermana antes de tener oportunidad de colarme en su dormitorio y, al final, en sus bragas.

El miedo y la paranoia que había tenido que soportar ese día alimentaron todas y cada una de las estocadas que después le metí con la pelvis. Una daga hurgando en una herida ya abierta. Un acto meramente necesario para hacerle daño más adelante.

A la mañana siguiente, agradecido de no tener resaca, me fui razonablemente fresco. Hasta cogí un trozo de pollo cuando me marchaba. No volví a verla nunca.

¿Siguiente?

Catherine acababa de romper con el novio con quien vivía y tenía una hija pequeña. Yo tenía esperanzas de superarme. Ella tenía ciertos problemas. Problemas emocionales. Mencionó de pasada un intento de suicidio. Yo agucé el oído. Oí «matarme». Si le hacía suficiente daño a esa mujer, podía darle el empujón que la llevara al suicidio. La ayudaría a hacer lo que de verdad quería, y sería un buen modo de poner a prueba mis capacidades.

Me entusiasmaba pensar que podía provocar una muerte por persona interpuesta. Pero ella resultó ser demasiado fuerte o demasiado estúpida, o las dos cosas, o algo. No obstante, aprendí de ella la técnica que más adelante me salvaría la vida.

Detesto ponerme tan dramático, pero estoy convencido de que era nada menos que eso lo que estaba en juego. El dolor involucrado en romperle a alguien el corazón premeditadamente podría muy bien compararse con una agresión, y, sin embargo, ningún tribunal lo reconocería como un delito. Un brazo roto se cura.

Se enamoró de mí rápidamente, y yo tenía prisa por llegar a lo bueno. Una vez la tuve sometida, empecé con la tortura del agua. Cada vez estaba menos disponible para ella, hasta que la desterré a las regiones más glaciales de mi ausencia. Esperé a que me llegaran noticias de que se había suicidado; qué atractivo me imaginaba en su funeral. O, mejor aún, hundiendo la polla en alguna otra mientras la estaban enterrando.

No os imagináis lo ofendido que me sentí cuando me llamó y me preguntó alegremente qué tal estaba. No me lo podía creer. Se suponía que ella debía estar en silla de ruedas. Lisiada de dolor. Con unas impenetrables gafas de sol puestas y aferrada a un lustroso rizo de mi rubia melena antes de abandonar cínicamente esta vida.

Pues no.

Siguió llamando e interesándose por mi bienestar, lo que no hizo sino aumentar mi malestar. Era la manera de salir ganando, eso tenía que reconocérselo. No podía acabar de creerme su despreocupación, pero allí estaba. Al volver la vista atrás, creo que solo quería demostrar lo bien que lo estaba encajando. Si no, ¿para qué llamaba? De hecho, podríais preguntar, ¿para qué escribir todo esto? ¿A quién le importa? ¿No tenemos todos aguas turbias como estas discurriendo a borbotones bajo nuestros puentes?

Desde luego, pero hay un embalse río abajo.

Dicho sea en mi defensa, podría hablar de cómo abusó de mí un hermano de La Salle cuando tenía nueve años. Cómo noté que la fila entera de mesas se sacudía mientras él jugaba con su alumno preferido al fondo del aula. Cómo tuve que sujetarme con un imperdible la bragueta de los pantalones cortos para evitar el fervor religioso del joven hermano. Entonces empezó a meterse por la pernera, así que tuve que rogarle a mi madre que me dejara llevar pantalones largos. No era lo bastante mayor, me dijo, y de todos modos era verano y el hermano Ollie solo estaba siendo simpático. No eran abusos de verdad.

Bueno, no llegó a darme por el culo.

El hermano Ollie fue juzgado más adelante por su delito, y en cierto modo también lo fui yo por el mío.

Y si esta os ha gustado, tengo otra.

Mi padre se estaba afeitando. Aquella mañana hacía frío en Deelford. La luz de encima del espejo del cuarto de baño estaba encendida, así que debía de ser invierno. Parecía que se estuviera despojando de una norme barba de dibujos animados. Quería que me hiciera caso, y probé a decir algo como «Si no bla bla no me acuerdo, no volveré a dirigirte la palabra». Entonces lenta, muy lentamente, se inclinó con mucho énfasis, la cara cubierta de espuma cada vez más grande conforme se acercaba a la mía. Y de aquella máscara cómica brotaron tres palabritas que fueron muy importantes.

«Me da igual.»

Incluso ahora me parece que tendría que haberlas escrito en mayúsculas, pero fue precisamente ese el efecto que me causaron.

Las pronunció en voz muy queda. Como si quisiera asegurarse de que el mensaje fuera solo para mí. O igual le daba miedo que mi madre lo oyera. No había riesgo de eso.

Dentro de mí se produjo una especie de seísmo. Un desmoronamiento nervioso. Lo recordaré siempre. Fue el momento en que supe que tendría que hacer todo esto solo. Con todo esto me refiero a la vida. Las puertas cerradas. Como en las pelis del Oeste, cuando el malo viene por la calle y todos los del pueblo cierran las puertas una detrás de otra en perspectiva.

Mi padre era alguien que hasta entonces había sido mi único amigo. Mi madre ni siquiera parecía darse cuenta de que yo estaba por ahí, y para mis dos hermanos y mi hermana no era más que un incordio al que había que cuidar. Papá era el único que me había mostrado afecto hasta entonces. Quizá para compensar.

No quiero que manchéis mis páginas recién publicadas con las gotitas saladas de vuestros ojos, así que voy a dejar el asunto. Lo que sí diré es lo siguiente: se sembraron semillas.

Quizá estas cosas estén vinculadas con otras cosas que pasaron luego. Quizá no. Igual estaba emulando la única relación que había tenido ganándome la confianza del otro y luego quebrándola bruscamente.

Sacad las conclusiones que queráis.

Invité a Catherine y algunas de las otras a la fiesta de mi treinta cumpleaños, que iba a celebrar en el jardín de atrás. Mi intención era crear una especie de lasaña de dolor. Todas mis exnovias iban a reunirse en un mismo sitio. Mi jardín trasero, tan cutre. Esas personalidades individuales, unificadas por el dolor que les había provocado, entenderían por fin la mente diabólica que ahora controlaba sus futuros. Algo por el estilo.

Fue un desastre. Estaba tan borracho que no pude saludar a nadie. De hecho, semejante sofisticación pasó a segundo lugar cuando lo único que quería era echarme a cucharones el contenido de la ponchera a la cara de ojos llorosos que ya tenía. En un momento dado, pasé del cucharón y bebí directamente de la ponchera. Supongo que alguna hizo daño a alguna otra en alguna parte esa noche, porque no volví a saber nada de ninguna de ellas… salvo Catherine, que me llamó solo para preguntarme si me encontraba bien. Joder.

Corramos un tupido velo sobre lo ocurrido. Aunque me fastidió, la verdad. Fue como despertar junto a una chica preciosa y no ser capaz de recordar el sexo. Por cierto, menciono todo esto porque ahí fuera, en alguna parte, estas chicas continúan con sus vidas, y quiero que sepan lo que me ocurrió. Que, aunque sigo paseándome por el mundo en libertad, recibí una dosis de mi propia medicina. Y no importa si no llegan a leer estas páginas. Esto no es más que un intento de ser sincero conmigo mismo. Como una nota a mí mismo de 144 páginas. No busco compasión. Me interesa mucho más la simetría.

La que me tiró la cerveza a la cara me llamó seis meses después sollozando todavía. Me satisfizo mucho. Y Catherine siguió llamando para preguntarme qué tal estaba. Era exasperante, pero, como es natural, no podía hacérselo saber, porque habría significado que ella iba ganando. Igual empezáis a ver lo fútil que era todo este juego. Se prolongó una temporada, hasta que ya no fui capaz de seguir con la farsa. Básicamente se me fue la pinza.

Pero un momento, he prometido contaros lo de aquella vez que le pegué a una chica. Hace mucho tiempo, antes de todo esto, estaba en el bar Mascot, en Deelford. Me marchaba con un supuesto amigo, Lenehan. Estaba borracho, él también; igual que la mayor parte de Deelford aquel viernes por la noche. El bar estaba abarrotado y tuvimos que abrirnos paso a codazos entre el gentío. Lenehan iba delante, despejando el camino. Una chica atractiva se volvió y me dio una bofetada bien fuerte en la cara. Antes de darme cuenta de lo que pasaba, le había soltado un puñetazo.

Bueno, no sé qué pensaréis los demás, panda de cabrones ateos, pero en Irlanda no toleramos esa clase de comportamiento. Esperé a la salida del bar la paliza que sabía que estaba a punto de recibir. Daba igual cuáles fueran las circunstancias atenuantes.

Le había pegado a una chica.

La noticia se propagó por la masa ebria, y no pasó mucho rato antes de que cinco tipos, a los que conocía bastante bien, salieran, y después de retorcerse las manos y disculparse profusamente, pasaran a molerme a puñetazos y patadas.

Pero no había pasión en ello. Y no iban a parar hasta que vieran sangre, y la sangre no se dignaba hacer acto de presencia ante aquellos aficionados.

Desde donde estaba agazapado puse todo mi empeño en insultarles. Mis pullas más certeras no surtieron ningún efecto hasta que los acusé de tener parientes en Inglaterra.

El asunto acabó en cuestión de segundos.

Recuerdo que les estreché la mano. Uno se negó porque aún estaba molesto por lo que les había dicho. Como señal de que se había hecho justicia, dejé que la ceja siguiera sangrándome sin limpiármela. De entrada, ¿por qué me había abofeteado la chica? Al pasar por detrás de ella, Lenehan le había metido mano por debajo de la falda, y ella supuso que lo había hecho yo.

Así pues, fui a Alcohólicos Anónimos. Y poco a poco mejoré. Ocho años después, sigo yendo a reuniones. Espero seguir yendo siempre. Y me mantuve alejado de la temida Fémina durante los cinco años siguientes.

Cinco y medio, en realidad. Y mi carrera despegó. A lo grande. Entré a trabajar en una renombrada agencia de publicidad de Londres y obtuve galardones por el trabajo que hacíamos mi socio creativo y yo. En cierto momento llegamos a ser bastante famosos. Mi nombre sigue siendo conocido. Iba a mis reuniones de AA por las noches y trabajaba tan duro como sabía durante el día. Supongo que debía de dárseme bien, porque lo cierto es que nunca andaba falto de ideas.

Era la horrible amabilidad corporativa lo que me consumía. Poco sabía yo que el mundo corporativo de Londres era prácticamente anárquico en comparación con su equivalente norteamericano.

Después de un tiempo, empecé a sentirme desencantado con mi socio creativo en Londres porque tenía la sensación de que no cumplía su parte. Yo creía que era yo el que tenía talento, y estaba harto de trabajar con él. Llevábamos cuatro años mirándonos de un extremo al otro de la mesa y me había resistido por última vez a la tentación de abalanzarme sobre él y hundirle los pulgares en la laringe.

Acabamos como amigos. De verdad. Él fue a parar con otro socio en la misma agencia. A mí me abordó una cazatalentos para que fuera a trabajar a una agencia buena de verdad en Estados Unidos, con sede en Saint Lacroix. En cuanto la cazatalentos dijo el nombre de la empresa, supe que era la opción correcta. Tenía previsto ir dos semanas a Francia de vacaciones con unos amigos de AA, así que le dije que hablaríamos a mi regreso. Ella insistió en que llamara desde Francia, conque llamé.

El director creativo de Killallon Fitzpatrick estaba unos días de visita en Londres, haciendo entrevistas.

La conversación que puso en marcha los acontecimientos de los tres años siguientes tuvo lugar en el ruidoso pasillo de una vieja granja francesa en Dordoña, con perros ladrando y el mistral azotando las ventanas. No tenía ni idea de qué aspecto tenía, pero su voz sonaba tan americana que era desternillante. Como si algún amigo mío me hubiera llamado para gastarme una broma.

El olor a cocina me rodeaba, y debía de haberme hecho sentirme más en confianza de lo que debía, porque me vendí ante ese americano como el equivalente irlandés de Jimmy Stewart, que solo tenía la mitad de estatura y talento que yo. Era justo lo que el tipo quería oír. Prácticamente se enamoró de mí.

Se disculpó por lo de Saint Lacroix, Minnesota, advirtiéndome que aquello no era Londres ni Los Ángeles. Dijo que en Saint Lacroix hacía «bastante frío» en invierno, pero que no era tan mal sitio como pensaba la gente. Allí se podía comprar una casa a orillas de un lago prácticamente por nada.

Creía que yo tenía la edad adecuada para el puesto. Había cumplido los treinta y cuatro años. Había muchas mujeres encantadoras trabajando en la agencia. Estaba convencido de que tendría éxito. Vaya chulo de putas. Por entonces, no obstante, estaba listo para ello. Adoraba Londres, por supuesto, pero estaba aburrido. Había recibido galardones, había tenido éxito. Era hora de hacer algo nuevo.

Le dije que no me importaba si hacía frío porque de todos modos lo único que hacía era trabajar. Tenían calefacción, ¿no?

Le pedí disculpas por no ser fumador ni bebedor, a sabiendas de que le entusiasmaría, porque a los americanos les ponía nerviosos la reputación de empinar el codo que tenían los creativos británicos. No estaba bien vista por la América corporativa.

Además, le informé de que estaba en esa edad en que uno piensa en casarse. A continuación hubo un largo momento de silencio, cuya única explicación satisfactoria sería que el tipo estaba lanzando puñetazos al aire en ademán triunfal y alisándose la ropa antes de continuar. Empezó a hablarme como si me conociera desde hacía años, y cambió el condicional por el futuro.

Mi futuro.

La cazatalentos me llamó el lunes.

«Graham quedó muy contento contigo», dijo, y luego empezó a usar palabras como «visado» y «renuncia», cosa que agradecí. Todo eso tuvo lugar con mi redactor publicitario sentado ante mí. Yo había adquirido la costumbre de asomar la cabeza, con teléfono y todo, por la ventana para tener un poco de intimidad.

Poco después había presentado mi renuncia y estaba sentado en mi piso de Londres, esperando que fuera aprobado mi permiso de trabajo. Hasta que fuera oficial, iba a trabajar como autónomo desde mi casa.

Pero como tenía que dejar mi vivienda para alquilarla, me mudé a un hotel de Hyde Park. Me encontré a quince minutos de mi propio piso, en el que vivían dos desconocidos, y la tinta aún húmeda de un contrato de alquiler de seis meses sin haber recibido todavía el menor indicio de que mi permiso de trabajo en Estados Unidos fuera a ser aprobado. Ese estado de inquietud sería la norma durante los cinco años siguientes.

De haber sabido lo que estaba a punto de ocurrir, lo habría dejado todo y me habría vuelto a casa a vivir con mi madre. Pero gracias a AA también acababa de firmar un nuevo contrato vital, y estaba decidido a sacarle partido. Después de todo, ¿qué sentido tenía dejar la bebida si no iba a hacer algo con mi vida? Y había que pensar en los recién llegados. Que un capullo chiflado como yo fuera a emprender una nueva carrera en Estados Unidos daba esperanza a los nuevos miembros de AA. O eso dijo mi padrino.

De hecho, pasé unos días en Deelford antes de tomar el vuelo a Estados Unidos. Mis padres estaban emocionados por mí, pero tristes por sí mismos. Desde que había dejado de beber, la verdad es que les gustaba tenerme por allí. Les compré un dictáfono y les convencí y me convencí de que nos enviaríamos mensajes grabados de un lado al otro del Atlántico.

Nunca hicimos tal cosa.

Cuando me llevó a la estación de tren, mi padre tenía una tos burbujeante más bien fea. Un mes después de llegar a mi nuevo trabajo, en mi nuevo país, en mi nueva ciudad, en mi nueva casa, recibí una llamada de mi madre haciéndome una pregunta muy ridícula.

—¿Estás sentado?

Supe de inmediato que mi padre estaba muerto. Solo que no lo estaba. Mi madre me dijo que estaba bastante mal y que debía estar preparado para volver en cualquier momento. Mis nuevos jefes se mostraron muy comprensivos, e incluso me ayudaron a reservar un vuelo. Te hacen descuento si puedes demostrar que tienes un familiar gravemente enfermo. Basta con darles el número de teléfono del hospital. Así pues, volví, y sigo sintiéndome culpable por desear que mi padre muriera durante la semana que tenía previsto dedicar a mi familia en casa.

Como el caballero que era, me complació. Estaba acabado, muerto y enterrado con un día de sobra, y para mi vergüenza el lunes siguiente yo estaba de vuelta en mi puesto de trabajo. Bueno, estaba bajo presión, ¿no? Tenía que impresionar a mi nuevo jefe y a los antiguos de Londres. Quería demostrarles que habían cometido un enorme error al no tratarme mejor. Lo cierto es que no me habían tratado tan mal. Solo me parecía conveniente tenerles antipatía. La auténtica razón que necesitaba para largarme de Londres era que detestaba a mi socio creativo. Obsesivamente.

Recuerdo un día que estaba con una de esas reglas largas de borde biselado que se usan para cortar cartulina con un cúter. Es en esencia una espada de punta roma. Él estaba allí plantado, a mi izquierda. De pronto tuve un vahído. No me desplomé ni nada. Solo me desvanecí un instante. Vi una especie de neblina amarilla.

Cuando volví en mí, me aterró pensar que si miraba al suelo lo vería allí tirado, con la cabeza machacada. Ese fue el día que asomé la cabeza por la ventana y llamé a la cazatalentos. Me daba miedo lo que podía llegar a hacer si seguía trabajando con él. Y era mejor abandonar el país que preocuparme por si me lo encontraba en las depravadas calles de Londres. O tal vez sencillamente necesitaba un cambio.

Recién llegado a mi nuevo país, mi nueva ciudad, no estaba interesado en las chicas. En absoluto. Cuando pienso en las oportunidades que perdí, me entran ganas de llorar. Un extranjero como yo en el Medio Oeste llama mucho la atención. Invité a salir a una chica preciosa, eso sí, pero me dijo que tenía novio formal, así que pensé: «A la mierda. Si no puedo salir con una preciosidad, mejor lo dejo». Otra cosa a tener en cuenta, claro, era que no quería verme atrapado allí con dos críos y un perro. Desde el momento en que llegué supe que acabaría por largarme.

Pensé que con un año tendría suficiente. Me equivocaba. Me compré una casa, pero solo lo hice para convencerlos de que iba en serio. Era fácil vender una casa en un mercado boyante. Además, si jugaba bien mis cartas, sacaría una pasta con la puta casa… Y, de todos modos, ¿cuándo iba a poder permitirme si no una casa victoriana con suelos de madera y una monada de columpio de porche, como la casa de *Los Walton*? La agencia se puso en contacto con el banco para ayudarme a conseguirla.

La casa fue estupenda durante un mes o así.

Mientras tanto, estaba empezando a conocer los entresijos de los aeropuertos bastante bien. En América, tomar un vuelo es como tomar un autobús en Inglaterra. Te montas en un avión para ir a una reunión. Sobre todo si tienes como base Saint Lacroix, Minnesota. El primer trabajo que me encargaron fue un inmenso proyecto de supervisión de los anuncios de la compañía automovilística BNV vinculados con la película de Shane Pond *Mañana siempre llora*.

Su nuevo modelo, el 9T, aparecía en la película, igual que su nueva moto, la T2600 Surfer. Querían tres spots publicitarios y tres anuncios en prensa para pregonar esa vinculación de iconos tan sumamente atractiva.

Era un coñazo. Había que sacar el coche en primer término y mostrar imágenes de la película. Resultaba muy difícil. Muy difícil transmitir una idea limpia y agradable teniendo que incluir tantos elementos diferentes. Además, y por si eso fuera poco, teníamos que vérnoslas con tres clientes distintos: BNV Norteamérica, BNV Alemania y DGR Pictures. Llevó casi nueve meses y el triple de vuelos terminar esa puta mierda.

En mi despacho del piso veintidós de un ominoso rascacielos gris con vistas a las llanuras del Medio Oeste, que se prolongaban cientos de kilómetros en todas direcciones, para el caso era como si hubiera llegado a la luna.

Me recordaba a un programa de ciencia ficción de la BBC titulado *Space: 1999*. Había muchas similitudes. Los interiores de la base lunar eran todo líneas limpias y alta tecnología, y las vistas por la ventana eran áridas e inhóspitas. Los habitantes de la base lunar habían sido todos cuidadosamente seleccionados, eran sumamente cultos y, por encima de todo, disciplinados. Eso tenía mucha importancia en Killallon Fitzpatrick. La capacidad de sonreír bajo presión. Les encantaba. Les gustaba que sufrieras en silencio.

Y se me empezó a dar bastante bien. Llevaba cinco años sobrio. Si había dejado de beber era para eso. Era una de las cosas que no habría podido hacer si no lo hubiese dejado. Bueno, sobre el papel era estupendo. Casa. Trabajo. Dinero. Mudarme a Estados Unidos. Cuando bebía, habría sido imposible que me ofrecieran una situación semejante. Y me felicitaba por no haber caído en la trampa de echarme novia, porque si la hubiese tenido no habría podido ir. Decidí resistirme a toda insinuación de cualquier chica del Medio Oeste. No era ningún idiota. No iba a quedarme atrapado el resto de mi vida con una mujer preciosa y niños rubios mientras Killallon Fitzpatrick iba aumentando poco a poco la presión hasta que me agrietase como el hielo en primavera.

Me puse en contacto con los grupos locales de AA, que eran estupendos. Empecé a sentirme mejor. Saint Lacroix es la capital de la rehabilitación. Tienen más centros de rehabilitación que cualquier otro lugar de Estados Unidos. Esa fue una de las razones por las que me resultó tan fácil mudarme allí ya de entrada. Menos reconfortante fue descubrir que justo al lado del centro de tratamiento más grande hay un bar. Dentro del bar hay un cartel. Reza: «Se aceptan fichas de Alcohólicos Anónimos». Por cada día que permaneces sobrio, te dan una moneda metálica llamada ficha. Ese bar ofrece barra libre durante una noche a cualquier miembro de AA que recaiga y no tenga reparos en gastar la ficha. La pared detrás de la barra está forrada de fichas.

Siempre y cuando no bebiera y no me metiera en una relación, podría regresar a Londres, retomar mi vida y volver la vista sobre todo este periodo como un interesante lapsus de concentración. En cualquier caso, estaba mirando por la ventana después de haberme trasladado allí y negociado un buen sueldo: estaba ganando 300.000 dólares al año. El ego se me había hinchado hasta el punto de la eyaculación, mis muebles preferidos habían sido cuidadosamente embalados y enviados; mi madre había recibido un enorme ramo de flores como gesto de pésame por la pérdida de su marido, mi padre. Pendía sobre mí la expectativa no escrita: «Venga, pez gordo, adelante».

Era bastante raro, pero no me importaba porque estaba en una buena situación. Si la jodía, en realidad no importaba; estaba en un país extranjero. Si me iba bien, solo quería decir que habían acertado al confiar en mí. Y, naturalmente, me aseguraría de que «los amigos allá en Londres, Inglaterra» se enterasen de todo.

Así que por las noches volvía a mi enorme casa victoriana, después de la reunión de AA, y me gustaba no tener apenas mobiliario. Me agradaba estar viviendo en una casa con apenas unos cuantos muebles sueltos. La escasez me recordaba a esa portada de un álbum de Deep Purple en la que hay fotos de una inmensa casa de campo en Francia, con equipo de grabación y cables y cabrones con pinta de tíos guays por todas partes. Era el efecto al que aspiraba.

Pero nadie más apreciaba la ironía de la casa prácticamente vacía propiedad de un irlandés con la cabeza rapada que no parecía lo bastante responsable para que le hubieran concedido una hipoteca. Me hacía gracia. No me hubiera parecido inusitado si un día alguien hubiera tirado la puerta abajo de una patada y dicho: «Ha habido un error. Fuera de aquí». Me habría ido obedientemente, porque en realidad no creía merecer tanta suerte.

Eso iba unido a sentimientos de culpa y vergüenza por lo que le había hecho a la gente cuando bebía. La necesidad de hacer daño aminoró cuando dejé de beber. A lo mejor fue sustituida por la necesidad de hacerme daño a mí mismo.

Mis vecinos intentaron darme la bienvenida, pero no entendían que nunca dejaría voluntariamente que me vieran con ellos. Estaba bien si alguien llamaba a mi puerta o me invitaba a su casa a tomar una cerveza, que enseguida pasaba a ser una Coca-Cola. En esas condiciones se podía alcanzar cierta ironía. Todo eso estuvo bien hasta que me vi obligado a pedir prestado un cortacésped.

Los céspedes americanos están cargados de connotaciones sociales y políticas. Hay una ley en alguna parte que dice que tienes que cuidar el césped o los vecinos pueden obligarte a hacerlo. No estaba al tanto, y de inmediato empecé a considerar la posibilidad de dejar que mis jardines delantero y trasero volvieran a su estado natural. Una amable llamada a mi puerta lo cambió todo.

Las amables llamadas tienen la culpa de muchas cosas en este mundo. Ahí estaba, el ceño fruncido, la mano en el corazón, un folleto en la mano. El estado de Minnesota personificado.

–Buenas.

–Ah, hola –dije fingiendo sorpresa después de haber visto al puto gordo entrar ilegalmente hasta la puerta de mi casa.

–Me he fijao en que estás teniendo problemillas para cuidar el césped, y bueno, creo que este folleto te resultará interesante.

La pronunciación relajada de palabras como «fijado» es código de informalidad. Decir «fijao» en lugar de «fijado» es su manera de anunciar que no son más que tipos normales.

–Ah, muchas gracias, es muy amable por tu parte –dije, recurriendo a los diez años de carácter británico que tenía reservados para momentos como este.

De lo más humillante, en realidad.

El cortacésped que tomé prestado de otro vecino tenía el depósito lleno de gasolina, y hasta yo me di cuenta de que debería devolverlo lleno. La tarea implicaría una conversación con el empleado de una gasolinera.

–No eres de por aquí, ¿verdad?

Una y otra vez.

Cambiaba de acento. Lo planchaba un poquito. Podía fingir que era de Nueva York o Los Ángeles. Al menos así no tendrían la sensación de haber atrapado una presa tan jugosa.

Si decías que eras irlandés pero de Londres, era como si hubieras empleado un método de felación tan extraño que los ojos se les ponían vidriosos y una sonrisilla de felicidad asomaba a sus labios, mudos por un instante.

51

Luego empezaban los agradecimientos. Yo representaba todas las postales, películas o rumores que habían surgido alguna vez de Europa. Y todo el mundo sabe que los embajadores tienen que ser diplomáticos. Yo cogía lo que había ido a buscar y me largaba. Los odiaba. Me perdonaréis, pero es que los odiaba, joder. Cuando volví a Irlanda durante unas vacaciones de Navidad, no podía ni ver un cartel de McDonald's sin sentir deseos de escupir. Ahora lo llevo bien porque vivo en Nueva York. Gracias, Dios mío, por Nueva York.

Pero el Medio Oeste es distinto.

Mi jefe solía señalarme a chicas que acababan de entrar en la agencia y susurrar: «Está soltera». No me lo podía creer. Me animaba a salir con chicas que trabajaban en la agencia. Su teoría, claro, era que si me casaba con alguien de la empresa, la empresa viviría eternamente. Y tal vez yo incluso tuviera hijos.

O me decía:

–Vienes en autobús, ¿no?

–Así es.

–Yo conocí a mi mujer en el autobús.

Venga, no me jodas.

Era un tipo bastante legal. No creo que lo hiciera por cinismo. Sencillamente parecía haberse tragado todo el asunto. La publicidad es falsa. Una vez te das cuenta, tienes una oportunidad. Pero él se creía la movida. La esposa/la casa/los niños/el perro. Creo que se le daba bien lo que hacía y era un jefe estupendo; simplemente carecía de desconfianza.

Como es natural, soy consciente de que al leer esto podríais llegar a la conclusión de que cualquier desdicha que sufriera era cosa mía. Que el problema en sí era la desconfianza que me despertaban las buenas intenciones de mi jefe. Pero es lo que hago. Desconfío. Es lo demás lo que me resulta difícil. Como confiar en la gente. Es un concepto extraño. Preguntad a cualquiera de los miles de millones de chicas con las que no he salido.

Así pues, el jefe tenía sus motivos y yo tenía los míos. Solo quería que en mi currículum figurara un año en Killallon Fitzpatrick. Nada más. Un año. Después de tres meses ya era presa del pánico. Si no me hubiese mudado a la casa, me habría largado en ese mismo momento. Así que supongo que fue para mejor.

Sea como sea, tardé casi dos años en escapar, pero no es de eso de lo que quiero hablar. Menciono todo lo de la publicidad solo para que tengáis un telón de fondo sobre el que proyectar el resto de mi historia. Lo que de verdad quiero es contaros cómo purgué mis pecados contra las mujeres, y, de hecho, contra mí mismo. Dicen que no somos castigados por nuestros pecados, son nuestros pecados los que nos castigan.

Además, soy un paranoico de tomo y lomo. Paranoico de verdad. No es solo que haya percibido ligeramente que puede haber gente que no tenga presente mi bienestar. No. La palabra es «paranoico». Otra palabra es «egocéntrico». Pero esta no me gusta tanto. No suena lo bastante clínica.

Merece la pena mencionar lo de la paranoia porque a veces alimenta la forma de pensar tan disparatada que tengo. Como aquella vez que pensé que Pen pagaba a gente para que me siguiera. No estaba del todo claro por qué lo hacía. Mi paranoia me ofrece solo argumentos generales. Es muy perezosa para entrar en detalles. Creí que algunos, por lo general gente de la calle, eran empleados a su servicio. Tenían como misión perturbarme psicológicamente. Cada vez que salía de mi piso en el sótano de Camberwell, una anciana o un hombre con su hija se convertían en enemigos a los que tenía que evitar.

Lucía una expresión que desde mi pobre y confusa perspectiva comunicaba la siguiente afirmación: «Sé quiénes sois, todos vosotros. Voy a hacer como que no lo sé para que podamos seguir adelante con esta farsa, pero en realidad lo sé. Así que no os paséis de la raya».

Quizá os preguntéis qué aspecto podía tener esa expresión. Os lo voy a decir. De furia engreída. Una mueca con una sonrisilla: imperceptible, pero presente. Sé que sabéis que sé, y así hasta el infinito. El que os haya contado todo lo anterior, claro, mina un poco mi credibilidad con respecto a lo siguiente, pero la única obligación que tengo aquí es relatar lo que ocurrió.

Esta es mi terapia. Estoy demasiado jodido para ir a ver a un terapeuta, y, para ser sincero, de todos modos no confiaría en él, ¿verdad? Bueno, mi paranoia no va a quedar en suspenso una hora a la semana. Y bastante tengo entre manos, obligado a ser un genio durante el día y un miembro ejemplar de AA por la noche. Oí decir a alguien en alguna parte que es posible ahuyentar la enfermedad con la escritura. Y quién sabe, tal vez alguien le saque provecho.

De todos modos, como decía, ahora vivo en Nueva York. Soy mucho más feliz, y aunque no llegué aquí de una manera muy elegante que digamos, esto me encanta. Me asombra que sea así. Nunca había estado tan cerca del suicidio como los dos primeros meses que pasé en Manhattan. Fue curioso cómo me sobrevino. La idea de matarme.

Solo hacía una semana que Aisling me había rechazado en Georgina's, y de algún modo durante ese periodo fui capaz de hacer una imitación decente de mí mismo. Cualquiera diría que habría sido fácil, teniendo en cuenta que había sido mi propio suplente durante años.

Hacer pausas para salir a llorar me ayudaba.

Así pues, me encontré mirando por la ventana del piso quince de la sucursal en Nueva York de la misma agencia para la que trabajaba en Saint Lacroix. Era hacia finales de marzo y había mucha humedad. No era un tiempo tan malo como se pone en julio, pero aun así muy húmedo, y mucho peor, porque no conectan el aire acondicionado hasta el verano.

Así que allí estaba, intentando respirar –una ráfaga, una brizna de brisa misericordiosa– cuando miré el hormigón allá abajo. Me encontraba en la parte de atrás del edificio, así que estaba viendo esos ventiladores raros que siempre hay en Nueva York. A saber qué coño son. Pero siempre hay un pequeño espacio rectangular en el centro. Me sobrevino con suavidad. Con suavidad, sí. No como una especie de brusco cambio de plano por corte que te deja parpadeando.

Me vi tranquilamente tumbado como en la fase de sueño REM, enmarcado a la perfección por el área rectangular. La pierna izquierda doblada, la derecha recta, el brazo izquierdo doblado con la palma de la izquierda hacia abajo. El brazo derecho recto a mi lado. La cabeza vuelta de perfil encima de la mano izquierda, como dormido sobre una almohada. Justo encima de la cabeza, y bajo la mano izquierda, parecía haber una zona rojiza dispuesta con suma pulcritud. Como una enorme flor aplastada sobre la que reposaba mi cabeza. Reposaba. Parecía tranquilo. Más allá del dolor.

El caso es que sufría mucho dolor. Pero lo había causado un filo abstracto. Lo que quiero decir es que el dolor era físico, la causa no. Supongo que hay quien diría que tenía el corazón roto. O podría decirse que así es la vida. O igual es el alcoholismo si le quitas el alcohol. Después de todo, a estas alturas llevo cinco años sobrio.

Es verdad, pero también ocurría otra cosa. ¿Cómo lo sé? No lo sé. Es que simplemente no puedo creer que mi estado emocional pudiera explicarse por medio de un término adolescente como «corazón roto». Es posible que esté equivocado, pero no sé cómo nadie podría llegar nunca a demostrarlo, así que voy sobre seguro. Es otra cosa que descubriréis acerca de mí sobre la marcha. No me gusta correr riesgos. Solo aventuro la posibilidad de estar equivocado cuando estoy casi seguro de que no lo estoy.

Me hace parecer más humilde.

Por ejemplo, si creo que algo que se me ha ocurrido es gracioso, finjo que lo ha dicho otro para que la reacción de la persona a la que se lo cuento sea imparcial. Si esa persona se ríe, me felicito por haber tenido una idea graciosa, graciosa de verdad, porque ha hecho reír a ese conocido sin pensar que me sentiría ofendido en el caso de que no le hubiera parecido graciosa.

¿Por dónde iba? El suicidio. Sí, el suicidio aparece como un viejo amigo. Me acababa de mudar de Minnesota para estar con la chica que amaba, pero esa chica no existía. No la encontraba por ninguna parte. Podía verla cuando quisiera. Podía hablar con ella a cualquier hora del día o de la noche. Estaba encantada de que fuéramos amigos. Era la degradación definitiva. La palabra «amigo» quedó registrada como «eunuco» en mi imaginación calenturienta. Podía verla, pero solo como un no hombre.

Qué tortura tan exquisita.

Y hacía tanto calor…

Tenía pendiente un montón de trabajo aterrador. Gente a la que impresionar. Apartamentos que ver, ideas que generar. Tenía la intensa sensación de que el mundo y quienes lo poblaban se esforzaban por no echarse a reír delante de mis narices. Que lo harían después, cuando yo no estuviese mirando. Me vino a la cabeza la idea: «Te vendría bien un descanso». Noté que asentía para mí mismo. Y luego todo habría terminado. No habría más dolor. Aire fresco mientras iba camino del suelo.

Tenía sentido. Sobre todo el aire fresco camino del suelo. Eso resultaba muy atrayente. Algo se entrometió y dijo no. Supongo que estuve aletargado durante un mes o así después de aquello, pero esa imagen de mí mismo enmarcado en un colchón gris me acompañará durante el resto de mi vida. Mi Polaroid paranoica. Esa es una imagen en la que desde luego ella tuvo algo que ver.

Así pues, veamos, hemos ido demasiado lejos, vamos a volver atrás un poco. Bien, estoy en Saint Lacroix, y es en torno a agosto. Mi padre ha muerto y ahora mora bajo tierra a las afueras de Deelford en el rincón de un camposanto, cerca de su padre. Es curioso pensarlo. Yo estaba vivo y coleando, esperando todo lo que esperaba la gente en Saint Lacroix. El invierno. Si vas por ahí sonriendo, rebosante de alegría y en plan insolente, seguro que algún tipo con aire luterano se relamerá antes de decir: «Espera y verás».

No les gusta la felicidad.

En serio. Toda esa influencia sueca/noruega tiene el mismo efecto que un horrible manto húmedo que se congela hasta quedar bien duro en invierno durante al menos seis meses. Congelado que te cagas. Si vives allí, la gelidez se vuelve relativa.

Sentía una especie de euforia si despertaba una mañana y el capullo de la tele me decía que estábamos a menos veintisiete grados en lugar de los menos treinta y cuatro de la víspera. Estaba listo para sacar los bermudas y las sandalias. Para cualquiera con dos dedos de frente, del mundo real, sigue haciendo un frío de la hostia. La imagen de una chica en bikini nunca me había suscitado semejantes sentimientos de incomprensión. Ahí, en un anuncio de vacaciones en el costado de un autobús atrapado en medio de una ventisca de nieve. Sonriente y bronceada, con la cabeza apoyada en una mano, dice: «Eres un puto idiota». Al rebasarme lentamente, tuve la sensación de que sus labios se movían para preguntarme: «¿Por qué estás congelándote las pelotas en semi-Siberia?».

Me habría echado a llorar, pero probablemente las lágrimas se hubieran helado y me hubiesen cegado. No sabía qué hacían las lágrimas a esas temperaturas. ¿Cómo iba a saberlo? No era de allí. No tenía ninguna experiencia. Me adiestré para extraer un placer perverso del surrealismo de aquel lugar. Un infierno a la inversa. En lugar de fuego y azufre, había nieve y hielo.

Hay un mito de Minnesota, un fenómeno de fábula: a ciertas temperaturas –a partir de los cuarenta bajo cero– se puede tirar una taza de café al aire y el contenido se cristaliza antes de caer al suelo. Lo oí al menos tres veces antes de experimentar mi primer invierno.

Supongo que el objetivo de este datito es acojonar de la hostia a los recién llegados. Va provisto de un envoltorio precioso en el sentido de que en apariencia es un hecho interesante que merece la pena mencionar.

Incluso tiene lo que en el mundillo de la publicidad llamamos «carga mnemónica». Es decir, tiene algo memorable que puedes sacar de ello. El relato llevaría el título de «El lugar donde el café se congela en el aire». Cuenta con ese hecho como señuelo para el narrador. El narrador puede transmitir esta historia bajo la guisa de quien se limita a compartir conocimientos. La verdad, no obstante, tiene más que ver con la satisfacción que se deriva de la cara del oyente cuando cae en la cuenta del puto frío que tiene que hacer para que un café se convierta en cristalillos en el aire.

Luego este tiene que decidir si reaccionar con sinceridad (palidecer y vomitar) o sin ella (fingir interés en el aspecto físico). Una noche en concreto, había en mi casa victoriana una cama, una mesa, un equipo de alta fidelidad y un amigo de Texas. Menciono que mi amigo era de Texas solo porque descarta que tuviera la menor autoridad en cuanto a nada que tenga que ver con la puta congelación.

–Tío, hace treinta siete grados bajo cero ahí fuera. Vamos a probar eso del café.

–No hace suficiente frío –dije, temeroso de tener que preparar café y demostrar que no sabía cómo funcionaba la cafetera, que no había usado nunca y solo tenía porque alguien me la había regalado al mudarme.

—Tío, con el viento que sopla, hace frío de sobra.

—Bueno, no quiero preparar café. Me parece que no tengo.

—Tío, seguro que el agua sirve. Hierve un poco de agua.

Qué coño, de todos modos estaba harto de oír lo estupendo que era Texas. Tenía unas cacerolas, lo creáis o no, y antes de que nadie pudiera decir «¡Recordad el Álamo!» habíamos puesto agua a hervir.

—Tío, espera a que esté burbujeando. Tiene que estar burbujeando. Si no, no saldrá bien.

Y burbujeó, desde luego. La cocina daba al garaje trasero, y había que bajar un par de peldaños. Abrí la puerta mosquitera, que había aprendido a tener siempre cerrada, incluso en invierno. No hay que correr riesgos con esos cabroncetes. Luego, después de ponerme el abrigo-de-plumas-de-ganso-edredón-y-chaleco-antibalas-todo-en-uno minuciosamente comprado (a efectos prácticos una cabaña flexible), abrí la puerta de la cocina justo lo suficiente para echar un ojo. Gili-Texas no tenía intención de pasar por nada de eso. En camiseta, cogió el asa de la cacerola con las dos manos y, con cuidado de no derramar nada, desplazó el recipiente humeante hacia la noche. Abrí la puerta de par en par y encendí la luz de fuera.

Bueno, qué coño, si era cierto, no me lo quería perder. Así que salió al peldaño superior. Parecía que ahora estaba brotando humo de la cacerola por el contraste entre calor y frío. Él tenía sujeto el recipiente delante de sí con las dos manos. Dijo «tío» una vez más solo porque tuvo la oportunidad, e inclinándose hacia atrás lanzó el contenido hacia el negro cielo. Se vio un pequeño centelleo entre todo el vapor y luego resonó un bramido tremendo.

Miró directamente hacia delante y se estremeció. Al principio creí que tenía frío, pero luego me di cuenta de que era todo lo contrario. El agua hirviendo había subido y luego bajado, cayéndole encima. Lejos de cristalizarse, el agua solo se enfrió un poco, y solo eso evitó que fuera a parar al hospital.

Es curioso el silencio que reina cuando una capa de más de un metro de nieve lo cubre todo. Qué surrealista salir de mi casa una mañana y encontrarme en el plató de *Doctor Zhivago*. Los pelillos de la nariz se endurecían y, si intentaba hurgármela, se rompían. El aire me hacía daño en los pulmones. Notaba cómo me pesaba en el pecho. Tal vez llevase un gorro enorme y ridículo, pero más me valía tener las orejas bien tapadas.

Las extremidades eran lo primero que se perdía. Las orejas, los dedos de las manos y de los pies. Eso es lo que siempre se oye de gente en plan capitán Scott, que ha perdido los dedos de los pies por congelación. Hace falta uno de esos gorros ridículos con orejeras. Ah, sí. El invierno no solo degrada las sensibilidades físicas; agrede el sentido del gusto con igual fervor. Pero el efecto purificador del aire frío y esterilizado era en cierto modo reconfortante. Dejaba que una indolencia conspirativa envolviera el alma. Conspirativa porque otros te ayudaban en el aplazamiento de la vida. Porque era eso. Me decía: «Bueno, con este clima no se puede hacer nada. El tiempo es tan inhóspito que no tiene sentido poner en marcha un proyecto nuevo hasta que mejore». Y acabé esperando que eso no ocurriera nunca.

Estaríais en el lugar adecuado para albergar esas esperanzas. La gente engordaba tanto en los inviernos de Minnesota que no podían salir, lo que a su vez propiciaba que engordaran incluso más. Constantemente les llevaban víveres hasta la puerta de casa. Las quitanieves mantenían las carreteras despejadas solo para que esos putos gordos pudieran pedir pizza a domicilio. Los conductores de las quitanieves tampoco estaban precisamente delgados. Pero sabéis qué, estoy intentando dejar de decirlo. Lo decían mucho en

Minnesota. «Sabes qué tal cosa» y «sabes qué tal otra». A mi modo de ver, «sabes qué» debería reservarse para algo sorprendente de verdad.

—¿Sabes qué?

—¿Qué?

—Vete a tomar por culo.

Sea como sea, antes de interrumpirme iba a decir que todas las personas que había conocido a mi llegada me habían preparado tanto para el invierno que no fue tan malo. Me dijeron que me había tocado uno de los dos inviernos más suaves en mucho tiempo. No me importaba, no me sentía engañado. Todavía puedo decir, con la mano en el corazón, que superé dos Inviernos Heladores de Cojones en Minnesota.

Cumplí mi condena.

Si se combina mi celibato con el experimento ártico, el resultado es un potente cóctel de agresividad reprimida y abnegación. Empecé a entender a los que sentían la necesidad de entrar en McDonald's con una Uzi, exigiendo satisfacción. Es verdad que si hubiera entrado en un establecimiento así con intenciones de sembrar el caos, sería un tipo de esos que luego se niegan a volver el arma contra sí mismos. Mucho mejor pegarse un tiro en la pierna y fingirse una de las víctimas. Así podrías ver las secuelas en la tele desde la cama del hospital. Pero ¿no te identificarían las demás víctimas? No lo harían, si habías ido con suficiente cuidado para taparte la cara. Vale, vale, se me ha pasado por la cabeza.

Un año en Minnesota se me hizo como tres. Poseía una casa victoriana en uno de los mejores barrios de Saint Lacroix. A estas alturas estoy ganando 300.000 dólares al año, la hipoteca ha ascendido a 4.500 al mes y estoy estresado a más no poder. El sueldo me aportaba el doble de lo que necesitaba para pagar la hipoteca mensual, así que podía costeármela, pero aun así, no soy rico.

Creía que sería rico. Contaba con despreocuparme del dinero. Tener juguetes caros como gramolas y sistemas de sonido, mesas de billar y antigüedades envueltas en plástico con burbujas.

No. Pero, un momento, iba a ganar una fortuna cuando vendiera la casa, ¿verdad? Sí, claro que sí. Ahora vuelve al trabajo.

Estaba convencido de que cada vez que invertía 4.500 dólares en la casa victoriana era como meter dinero en el banco. No. En sentido estricto, teniendo en cuenta la temperatura al aire libre, lo único que conseguía era congelar el préstamo. No estaba amortizando nada. Salvo los intereses y el seguro.

En esencia solo estaba pagando el alquiler gracias al préstamo. Y, como es natural, ni de lejos gané una fortuna con la puta casa cuando por fin la vendí. Podría decirse que después de pagar los impuestos me quedé más o menos igual que antes. Casi. Así que, en retrospectiva, no me dolió tanto como podría haberme dolido. Pero en aquel entonces tenía una casa amarrada al cuello, estaba decidido a no tocar nada que pudiera conducirme a entrar en contacto con una hembra de ninguna especie, sobre todo la humana, y tenía tales deseos de volver a Londres que alcanzaba a paladearlos en el aire que me rodeaba.

Esperaba *The Observer* como un borrachuzo espera a que abran los bares. Cuando la revista estaba agotada o simplemente no llegaba a causa del mal tiempo —hay que joderse—, me sobrevenía una tristeza inexpresable. Y cuando la encontraba, la aferraba contra mi pecho. Había salido tres días antes, pero ¿qué más daba?

Me encantaba la manera ingeniosa, relajada, que tenían los articulistas de presentar sus argumentaciones, casi como si estuvieran aburridos de sí mismos. Nunca me había dado cuenta de lo urbanita que era en realidad. Mudarme de Londres a Saint Lacroix me conmocionó más que si me hubiera ido a vivir de nuevo a Irlanda. Me di cuenta enseguida, cuando pasé unas noches en New

Dublin. Había un ambiente tan vibrante y joven aquella Nochebuena que tuve que contener las lágrimas porque sabía que poco después tendría que volver a Minnesota.

The Observer, Time Out London... cualquier cosa de Londres, en realidad: me encantaban esas publicaciones. Típico comportamiento nostálgico, supongo, pero me quito el sombrero imaginario ante *The Observer*, sobre todo por el papel que jugó a la hora de ahorrarles a los clientes de McDonald's y otros restaurantes de Minnesota un final desastroso. El cine también. Las películas francesas. Sí, tenía un reproductor de DVD. Ya no lo tengo. Hoy en día me basta con dar un paseo sin prisas por la avenida A para tener toda la diversión que necesito.

Pero por aquel entonces ver una película francesa era como unas gotitas de humedad sobre los ajados labios del deshidratado. No solo porque los franceses, Dios los bendiga, hacen grandes películas, sino por ver aquellas calles y edificios antiguos y aquel clima húmedo y moderado: Dios bendito, me encantaba. Hasta llegué en algunos momentos a hacer fotos de escenas en pausa. Fue durante el segundo año que pasé en Minnesota, cuando ya se me había empezado a ir la pinza. Todavía tengo esas fotos en alguna parte. Las necesitaba para mantenerme de algún modo conectado con Europa.

Mi mayor miedo era acabar adoptando en mi vocabulario expresiones como «Puedes apostar que sí» o «Y que lo digas, caray». Así que con mis pelis francesas (mi director preferido era Claude Lelouch), mis periódicos ingleses y mi lado irlandés, mantuve el pabellón europeo bien alto pese a los feroces temporales de Minnesota.

Dos años. Dos años físicamente, pero espiritualmente se me hicieron ocho. Todas las mañanas iba a rastras hasta la parada de autobús por entre la nieve recién caída y por las noches volvía haciendo crujir el hielo bajo mis pies. A veces daba un paseo por la orilla del lago, que estaba a un centenar escaso de metros de la puerta escarchada de mi casa. Parece agradable, ¿verdad?

No os emocionéis.

Uno de los síntomas más evidentes de la hipotermia, contra la que hay que estar siempre alerta, son las alucinaciones. La atracción imaginaria de lo que estaba ante tus ojos. Me decía: «Tienes un trabajo estupendo, una casa estupenda. La gente es muy amable. Las chicas son preciosas», etcétera. Debería haberme encantado. Cualquiera habría dicho que un soltero de treinta y cuatro años que fuera allí y se encontrara rodeado de semejantes condiciones se consideraría muy afortunado. Pero yo me maldecía por haber creado semejantes circunstancias. Si hubiera sido otro en mi lugar, habría dado mi aprobación e incluso le habría deseado lo mejor, pero como me estaba ocurriendo a mí no podía soportarlo, era como si me hubieran asignado un papel erróneo en mi propia vida. Si viese en la acera de enfrente a alguien que me hiciese lo que yo me hacía por rutina, me largaría de allí a toda leche. Pero no puedo hacerlo, ¿verdad?

Estoy casado conmigo mismo.

Y por lo que se veía, allí lo habitual era el matrimonio con otra persona. No bebía ni fumaba y me portaba bastante bien. Al menos de cara a la galería. Tendría que haber sido el candidato perfecto para alguna chica de Minnesota con amor propio y genes impolutos. Pero, qué coño, las enormes sonrisas dentudas, la amabilidad empalagosa y necesitada. Esa mirada cándida y chiflada. Sigo sin saber a qué se debía. ¿Antidepresivos? ¿Estupidez? En Nueva York, todo el mundo tenía aspecto de estar herido. Parecía más sincero. A lo mejor es que simplemente me identificaba con ellos.

Así pues, decidí que ya había tenido suficiente. Me largo. Eso antes de acabar el primer año. Me puse en contacto con un agente inmobiliario que había conocido en una reunión de AA, pues no confiaba en los que me habían vendido la casa. Estaba convencido de que mis antiguos agentes inmobiliarios cogerían el teléfono y llamarían a la empresa en la que trabajaba para decirles que quería vender mi casa. Después de todo, habían invertido mucho en llevarme a Minnesota, y quizá les interesara saber por qué quería marcharme después de trabajar solo doce meses para ellos.

Hago esta declaración en defensa de mi paranoia. No fue hasta que intenté físicamente marcharme cuando descubrí lo difícil que iba a ser. La casa no recibió ni una sola oferta. Durante todo aquel verano nadie me hizo ninguna oferta de ningún tipo. No sabéis lo aterrorizado que empecé a estar a cada día que pasaba, con el verano cada vez más avanzado, el invierno a punto de llegar, y la posibilidad de pasar otro año en el exilio. En invierno no se vende nada.

Insomne, me incorporaba de golpe en la cama. Maldecía las paredes que me rodeaban, y sí, lloraba. Sesiones enteras de autocompasión entre grandes sollozos. No creo que me viera nadie (al menos, eso espero), pero a veces acababa a cuatro patas. Era la única postura en la que podía respirar. A veces acababa riéndome por efecto del alivio.

Además, el trabajo era muy exigente, y supongo que eso no ayudaba mucho. De hecho, el trabajo era buena parte del problema. Conscientes de que no iba a ir a ninguna parte con esa casa amarrada al cuello, me apretaban suavemente las tuercas, cada vez más. Me llevaría por lo menos un par de meses vender la casa. Por lo tanto, no tenían problemas en confiarme algunas de sus cuentas más difíciles. No iba a dimitir en medio de todo aquello. Y, si lo hacía, les avisaría con tiempo de sobra. Cuanta más presión tenía, más deseaba vender la casa.

Pero no había modo de vender la hijaputa, e incluso empecé a bajar el precio siguiendo el consejo de mi agente inmobiliario. Al final, a este no le tenía mucho cariño. Volvía a lo que era una casa de lo más mona y lo maldecía a él y a la casa, pero sobre todo a mí mismo, por comprarla. Me aconsejó que la decorase. De hecho, que diera la impresión de que alguien vivía allí. Alguien normal. Así que tomé prestado mobiliario, muebles de esos que le dieran aspecto de que vivía allí una mujer de mediana edad. Adecenté el jardín. Puse flores cada vez que la casa se abría a las visitas. Corté el césped. Para vender la puta casa, me convertí justo en aquello que no me hacía ninguna gracia ser.

Pero no se vendía.

Una noche volví a casa después de negarme a asistir a la fiesta de Navidad de la empresa. De alguna manera habían conseguido colocar dos esculturas de hielo flanqueando el sendero de acceso a mi puerta. Grandes cilindros de hielo con velas dentro.

Bastante bonito, la verdad.

Me las cargué las dos a patadas. Para mí, esas esculturas hogareñas representaban el hecho de que no estaba a salvo de sus miradas entrometidas, ni siquiera en mi puta casa de precio inflado. Lo llevaba fatal. Así que iba a trabajar y hacía todo lo que estaba en mi mano. Mi trabajo era bueno. Pero nada de lo que concebía llegaba a hacerse realidad. No podía evitar pensar que lo único que querían era extraer ideas y meterlas en una especie de fondo común conceptual del que pudieran rescatarlas los que estaban allí presos de por vida.

Los que estaban allí presos de por vida eran sus preferidos. Los que nunca se irían y por tanto nunca se esperaba de ellos que aportaran ideas propias. La lealtad recompensada con una ausencia absoluta de presión. Por lo general eran personas casadas, con hijos y una casa, y por lo tanto no iban a ir a ninguna parte. Constantemente necesitaban carne nueva de la que alimentarse. Y la conseguían. No estaba mal, una vez conocías las normas, pero era espeluznante si te tragabas la versión oficial, que decía: «Adoramos a todos los nuestros. Formas parte de nuestra familia».

Me entraban ganas de mandarlo todo a la mierda. Mi única razón de ser era no convertirme en uno de los que estaban allí de por vida. ¿Habéis visto una película titulada *La tapadera*? Pues era así. Una empresa que sabía todo lo que hacías y te controlaba. Todo iba sobre ruedas hasta que te oponías a sus enseñanzas.

Por cierto, reconozco plenamente que buena parte de lo que estoy diciendo es paranoia. Todo esto y lo que viene a continuación bien podría ser producto de mi imaginación y no tener ningún fundamento. Bueno, los hechos y las cifras son ciertos. Fechas, sueldos, ubicaciones, galardones, etcétera. Pero las motivaciones y emociones e incluso la existencia de algunas personas que rodean esos datos son puro humo.

Trabajaba para una empresa muy rara pero brillante. Me traía sin cuidado, porque era interesante estar en Estados Unidos, aunque fuera en Minnesota, y me resultaba beneficioso porque Killallon Fitzpatrick tenía reputación de producir trabajos fantásticos que recibían galardones. Aunque no consiguiera que se produjera nada mío, era más emocionante que estar en Londres haciendo lo mismo que llevaba años haciendo. No voy a fingir que disfrutara todo el rato, pero ahora que estoy aquí en el East Village, largarme de Londres y mudarme a Estados Unidos me parece lo mejor que podría haber hecho.

En cualquier caso, bien entrado ya mi segundo año allí, el cuarto que llevaba sin beber, seguía rehuyendo cualquier relación con una mujer. Mi técnica de masturbación preferida era darme un agradable baño caliente, enjabonar al amiguete calvo a base de bien y luego darle un buen meneo a la antigua usanza. En un momento dado iba a escribir un guión acerca de mi mano derecha, una historia de amor. Habría escenas en las que la mano me rozaba el muslo como gesto preliminar para arrojarme el anzuelo. Me sonrojaba. En otra, mi mano derecha tendría celos de la izquierda.

Más de una tarde me fui a casa a toda prisa para hacerme el amor apasionadamente. Almacenando todos los preciosos traseros de las secretarias durante el día, los combinaba mentalmente en una perfección combinada de culamen. Funcionaba. Como podréis deducir de mis páginas anteriores, no tenía ningún efecto perverso sobre mi estado mental o espiritual. Si acaso, otra sala llena de clientes de McDonald's se ahorró el fastidio de tener que recurrir a su seguro médico.

Asimismo, me evité el dolor de tener que pasarme catorce años casado con alguna mujer de ascendencia sueca a la que, para empezar, mi empresa tendría que pagar para que se casase conmigo. Imaginad esas esculturas de hielo en mi sendero de acceso todas las navidades (me entran escalofríos, y es pleno agosto).

Baste decir que durante mi periodo en Minnesota me masturbé abundantemente. Ya sabéis que a cualquiera que esté leyendo esto le perdonaría que piense: «¿Qué le pasa a este tipo? ¿Qué problema tiene? Pilla un trabajo guay en Estados Unidos y lo único que ha hecho desde el principio ha sido quejarse». Solo diré lo siguiente: me quejo en retrospectiva. Por entonces no me quejaba nunca. Ni una sola vez. Era la viva imagen de la humildad y la gratitud.

«Ah, gracias. Ah, no, gracias. ¿Qué vaya a trabajar en fin de semana? Claro, de todos modos no tengo ningún plan. Ni siquiera tengo novia, así que no hay peligro de que nada se interponga con lo que me pedís. ¿No te gusta ese concepto? Claro que no, es una birria. Debería habérmelo pensado mejor antes de presentártelo.»

Lo hacía prácticamente todo menos salir de la sala de espaldas haciendo reverencias. No me quedaba otra. No estaba en posición de regatear. Con una hipoteca de 4.500 dólares al mes y sin permiso de residencia, tenía que andar con cuidado de no mosquear a nadie. Joder, cuando vuelvo la vista atrás, es más espeluznante incluso de lo que me había permitido reconocer. Es curioso que, cuando las cosas se ponen chungas y no me gusta cómo van, entro en modo «solo hoy». Es un viejo truco de AA para seguir sin beber. No tengo que hacer lo que sea eternamente, solo hacerlo hoy. Eso hace soportable incluso la mierda más asquerosa. Pero luego, cuando vuelvo la mirada atrás y veo lo asquerosa que era la situación, se me escapa un suspiro.

Pero, un momento, tengo que contaros una cosa que ocurrió las primeras navidades después de morir mi padre. Tened presente que solo llevo en Minnesota cuatro meses y no conoceré a Aisling hasta el noviembre siguiente. Mi madre y yo estábamos sentados en la cocina procurando averiguar cómo se encontraba el otro. Los dos estábamos conmocionados: ella porque el que había sido su marido durante cuarenta años de pronto ya no estaba (me contó que soñaba con que estaban de vacaciones y no lograba encontrarlo) y yo por haber perdido a mi padre y haberme visto desarraigado para vivir en el Ártico.

En el espacio entre nosotros humeaba un pavo asado sin patas. Era la primera vez que mi madre había comprado un pavo sola y le había parecido un chollo comprar el que no tenía patas. Era considerablemente más barato que la versión completa. Después de todo, había pasado la vida entera con un hombre que se ocupaba de todos los asuntos económicos, de modo que ahora el coste de la vida había pasado a ser urgente. El vapor del pavo atenuó nuestra imagen del otro esas navidades.

Más adelante, durante esa misma visita, estaba presidiendo la reunión de AA en Deelford. Presidir significaba que un miembro contaba su historia. Cómo bebía, cómo lo dejó y qué tal estaba ahora. En las reuniones más pequeñas se hartaban de oír a los mismos una y otra vez, así que cuando alguien volvía a casa por vacaciones a menudo le pedían que hablara. Ese domingo me tocaba a mí. Entre los asistentes habituales, a muchos de los cuales, con el paso de los años, había llegado a conocer bastante bien, había una chica rubia muy joven y bien vestida, esbelta, alta, elegante. Desde luego, llamaba la atención. Podría haber sido modelo.

Probablemente lo era.

Procuré no embellecer demasiado mi relato para ella. Empecé contando al variopinto grupo matinal cómo antes me gustaba hacer daño a la gente, a las chicas en particular. Mencioné de pasada el placer que me producía, el placer que sentía cuando reaccionaban con semejante aborrecimiento. La necesidad que tenía de hacer daño. Algo no muy distinto de algunas cosas que he compartido con vosotros, pero desde un punto de vista más general.

Luego dije que ahora creía que ese comportamiento estaba vinculado con mi alcoholismo y que ya no sentía la necesidad de hacerlo, y que aún tenía la sensación de que debía compensar a todas y cada una de esas chicas, pero que no era del estilo de AA volver a lugares donde podamos causar incluso más dolor. La mejor compensación a mi alcance era mantenerme al margen de sus vidas. No tenía derecho a volver y hacer su carga más pesada solo para aliviar la mía.

Después de terminar mi charla, la chica rubia se me acercó y me dio las gracias. Era un procedimiento estándar. Pero dijo algunas cosas que no llegué a asimilar hasta un año, y muchas turbulencias, más tarde. Dijo que tenía una amiga a la que le gustaba hacer lo que había estado relatando yo. Solo que se lo hacía a los hombres. Las cosas que yo describía eran muy similares a los manejos de su amiga. Dijo que esa amiga vivía ahora en Nueva York, pero era originaria de Dublín. Ayudante de fotografía. Y que si la conocía tenía que ir con mucho cuidado. Yo debía de haber puesto mi cara amable, porque de pronto dijo:

—Te conoce.

Evidentemente, esa chica estaba como una cabra. Eso era habitual en AA: alguien iba a una reunión y no volvías a verlo nunca más. Esperaba que fuera el caso.

Luego dijo que ese fin de semana estaba en casa del padre adoptivo de esa supuesta chica tan aterradora en Deelford y que le hacía falta asistir a una reunión de AA porque no podía sobrellevar las fiestas, que duraban toda la noche. Temía renunciar a su sobriedad. De inmediato me imaginé orgías satánicas en la casa de ese tipo e incluso me mostré dispuesto a oír detalles hasta que mencionó su nombre.

Tom Bannister.

Conocía ese nombre muy bien porque había sido abogado de mi padre. De hecho, cuando murió mi padre se mostró tan atento y servicial que le pedí que echara un ojo a mi piso de Londres. Ahora la chica rubia tenía toda mi atención, pero no me percaté de la importancia del encuentro. Porque no había nada a lo que reaccionar.

Después, mucho después, recordé que nueve meses antes de ese encuentro, cuando todavía trabajaba en Londres, había salido un artículo en la *Deelford Gazette* enviado y escrito por mí en el que se anunciaba mi nombramiento como director artístico senior de Killallon Fitzpatrick. Era una noticia de esas que les encantan a los periódicos locales. Un chico de Deelford triunfa en la vida. Lo hice más que nada por mi padre.

Le encantaba alardear de mí ante sus amigos.

Incluso se le mencionaba como padre del genio, junto con la escuela a la que había ido y mis pasatiempos (puse escritura y música), y no pude por menos de incluir que estaba soltero. Bueno, ¿por qué no? Quizá lo leyera alguna buena chica irlandesa.

Por lo visto, no fue así.

¿Acaso había leído Aisling ese artículo durante una de sus visitas? Eso explicaría cómo me conocía. «Es peligrosa», dijo la rubia. Al parecer, ella misma había sido testigo del horrible efecto que podía causar esa chica en los tíos. Se me quedó mirando un buen rato. Como si no me la estuviera tomando lo bastante en serio. Así era.

Me pareció que no era más que una de esas pijas de Dún Laoghaire que se había pasado con la coca e iba a AA para que su marido rico estuviera contento. Ahora creo que estaba intentando ponerme sobre aviso. Adoptó un tono más serio aún cuando se volvió hacia mí antes de marcharse.

—Son sus ojos, así lo consigue. Ellos no pueden creerse que sea tan mala.

Recuerdo haber pensado: es una pena que esté tan jodida, porque está para comérsela. Pero vi que esa de la que hablaba, fuera quien fuese, le había metido el miedo en el cuerpo. Así que no le di más vueltas. ¿Por qué iba a dárselas? Había mucha gente, unos raros, otros no, que pasaba por AA constantemente.

No volví a ver nunca a la rubia. Así pues, allá que me vuelvo a la tundra, compungido, ese mes de enero. Me prometí a mí mismo que me marcharía antes de que acabara el año. Era la segunda vez que hacía esa promesa. Me llevaría un poquito más. Mi trabajo era la empresa BNV. Mi trabajo solo era la empresa BNV. Es duro cuando trabajas en una sola cosa; no puedes tomar aire fresco, por así decirlo. Es muy duro cuando llevas en ello casi dos años. Además, te consume.

Llegó un momento en que no quería ni hacer un chistecillo con mi pequeño círculo de amigos de AA porque temía que el desperdicio de energía creativa revertiera en mi cuenta bancaria y estuviese vacía cuando BNV viniera a retirar fondos. Ah, sí. Cuando llevas en ello cuatro fines de semana seguidos y no hay sol ni vacaciones a la vista, y no quieres estar en ese país, y mucho menos en ese despacho, es importante abstenerse de agotar las reservas.

Tal vez te quede mucho por delante. Y aunque me prometí que me largaría pronto, mi lado cauto me recordaba que eso mismo ya lo había dicho antes. Corría febrero. Quedaban aún tres, quizá cuatro meses de tiempo espantoso. Gracias a una combinación de esconderme detrás de las páginas de gran formato de *The Observer* y el cálido destello de la pantalla del televisor, de algún modo aguanté hasta la primavera, que duró más o menos una semana, y luego se nos echó encima el verano y todo se transformó. Donde antes había una hoja de papel en blanco empezaron a aparecer los trazos de lápices de los colores más delicados en forma de hierba y hojas, brotes y flores.

Y las chicas.

Increíbles ejemplares arios de pechos y muslos. Tan saludables que rayaban el insulto. Como tropas bien entrenadas circunnavegando los lagos en bicicletas, patines y, naturalmente, a pie. La Infantería Sexual. Averigüé enseguida que estaban casadas o a punto de casarse. Arrebatadas bien temprano por inversores astutos. Adelante, mira con lascivia. Se rascaban la nariz o se colocaban bien los numerosos tirantes, enviándome un claro mensaje en código Morse con los destellos del anillo.

N-I D-E C-O-Ñ-A P-E-R-V-E-R-T-I-D-O.

Muy bien. Cuanto más hermosas y de piel más blanca eran, más grande y deslumbrante era el destello. Era la voz de sus prometidos advirtiéndome de manera indirecta. Ahorrándome tiempo. Qué propio de Minnesota. Amable. También parecía suscitar un orgullo enorme la naturaleza bulbosa de un vientre embarazado, fenómeno con el que aún no me había tropezado. En Londres, el embarazo se asociaba al fracaso y la muerte social. Aquí se alentaba. La gente era ascendida después de tener un crío. Una pequeña ancla carnosa evitaba que las mentes de los soldados corporativos norteamericanos se alejaran demasiado de sus misiones.

No era lugar para hombres solteros.

Sobre todo hombres solteros de alguna otra parte. El verano en Saint Lacroix es tan caluroso como frío el invierno. La humedad hace que el aire se vuelva denso al respirarlo. Toda la piel desnuda queda a merced del poderoso mosquito, el Ave del Estado de Minnesota.

El primer verano fue peor que el primer invierno. Por lo menos me habían avisado sobre el invierno. Con respecto a los meses de verano tuve que tomar mis propias decisiones. Además, las casas victorianas no suelen disponer de algo tan codiciado como es una instalación de aire acondicionado. Ni siquiera se inventó hasta la década de 1960 o 1970. Eso sí que es un dato minuciosamente investigado, ¿eh?

En mi humilde opinión, buena parte de las protestas a favor de los derechos civiles –y de hecho, una porción considerable de los problemas de este magnífico país, incluidos la guerra de Secesión y el asesinato de más de un presidente– pueden atribuirse a que no había aire acondicionado.

Uno abre inocentemente las ventanas con la esperanza de que entre una levísima brizna de brisa en la ausencia total de aire en que se ha convertido tu vida. En cambio, eres presa de una procesión de insectoides alados y hastiados, duchos en el arte de la guerra psicológica.

Durante el verano, esas enormes bocas abiertas del Hades disfrazadas de ventanas eructaban un tormento inaudito hacia el interior de mi tibia casa. Buscaba refugio dándome un baño de agua fresca, pero tenía que permanecer sumergido tanto rato como me lo permitían los pulmones. Todavía me podían picar en la cara.

Aprendí.

Era al anochecer cuando parecía estar más suculento para los carnívoros alados. Hay diez mil lagos en Minnesota. Eso es mucha humedad cuando hace calor. La humedad conlleva mosquitos. Corre por ahí una historia. Una pareja de ancianos se fue de acampada. Les habían advertido de la presencia de unos mosquitos en plan langostas. Montaron la tienda. Se untaron lo que pensaron que era repelente contra mosquitos.

Los encontraron muertos a los dos. Entre ambos cadáveres había un envase vacío de una sustancia para atraer a los mosquitos. El producto estaba diseñado para dejarlo fuera de la tienda, atrayendo así a las «molestas criaturas» de modo que no se acercaran al cuerpo dormido. Según la leyenda, el marido despertó cubierto de picotazos y le dijo a su esposa, igualmente aguijoneada: «Imagina lo que nos habrían hecho si no llegamos a ponernos crema, cariño».

No, yo tampoco me la creo. Pero el verano tuvo sus momentos. Eleena era una de esas chicas con una versión de caricatura del aspecto que debería tener un cuerpo de chica. También era socia de AA y por lo tanto estaba más que cualificada para asistir a la barbacoa anual de Saint Lacroix. Se estaba bronceando en una camita solar plegable cuando el móvil la despertó.

Al tiempo que lo abría con un golpe de muñeca, soltó las siguientes palabras en un tono de voz tres veces más alto que su coeficiente intelectual:

—Hola, Jimmy, estoy aquí tumbada, tostándome el trasero. ¿Quieres venir a darme la vuelta?

Parecía Sophia Loren yuxtapuesta a un jardín de Minnesota. Costaba trabajo no achacarle a ella el chisporroteo de la parrilla cercana. Más tarde, ese mismo día, me masturbé furiosamente pensando en esa imagen en la frescura de mi propia bañera. Desde luego que lo hice.

Pero no estamos aquí para hablar del verano. Con la llegada de septiembre, el ambiente refrescó un poquito. Era la época más agradable del año. Las hojas se ponían todas de color ámbar, el aire era más fresco e incluso soplaba una brisilla de vez en cuando. Oh, día feliz. Al mismo tiempo llegó otro encargo de BNV. Estaba harto de trabajar en esa cuenta. Me estremecía con solo ver uno de esos en la calle (nunca he tenido coche). Todavía me estremezco. Pero eso daba igual, se habían gastado todo su dinero trayéndome a este magnífico país y querían que trabajara en el PUTO BNV.

Al no recibir ninguna oferta por la casa, no tenía nada con lo que negociar, así que me mordí la lengua, ya cubierta de cicatrices, y mascullé algo así como que era la última vez que iba a trabajar en esa estúpida cuenta de coches. Ellos sabían y yo sabía que solo fingieron seguirme la corriente por aburrimiento. En colaboración con un redactor, me puse a trabajar en el proyecto, y poco después teníamos algo que no estaba nada mal.

Luego necesitábamos un fotógrafo. Me planteé, o el planteamiento me fue hábilmente sugerido por unos astutos ejecutivos de cuentas, que un fotógrafo de naturalezas muertas llamado Brian Tomkinsin supondría un cambio interesante. Los tipos que se dedican a las naturalezas muertas suelen hacer fotos de cuchillos y tenedores, zapatos y chorradas así. Nunca, o rara vez, de coches. Eso, claro, puso nerviosos a los de BNV, pero no por mucho tiempo. Les solté el rollo con mi acento irlandés/inglés, y poco después estaba en un avión a Nueva York con toda una semana de sesiones fotográficas por delante. Es mi parte preferida de trabajar en publicidad.

Las sesiones de grabación son estupendas. Incluso las sesiones fotográficas. Vas a un hotel guay, tienes todo pagado, disfrutas de una semana, quizá más, lejos de Minnesota, sacas una imagen

76

medio decente para el book (el currículum), tienes una tregua de tanto estar trabajando en conceptos nuevos con los que alimentar la caldera. Te dan un respiro.

Lo único que sabía de Nueva York era lo que había vislumbrado cinco o seis años antes durante la semana de San Patricio. En esencia, estuve ciego de la hostia durante todo el tiempo que pasé allí, y me pareció un lugar miserable, oscuro y peligroso. Sin embargo, no fue esa la Nueva York que me recibió ahora.

Era octubre, y el otoño se estaba saliendo con la suya en lo que enseguida descubrí que era el SoHo. Precioso a la vista, atractivo al tacto, hechizante en su abundancia. A los ojos famélicos de alguien como yo, parecía haber un exceso de diversidad. Colores, olores, texturas, nacionalidades: seguro que ya habéis oído todo esto. El estudio estaba, sigue estando, en Broadway justo en el saliente del SoHo, la cima del East Village y la cúspide de Nolita. Recuerdo que me daba miedo mirar, no fuera a agravar la inevitable tristeza de tener que marcharme.

Fui de compras. Un lujo inaudito para mí. Sí, en Minnesota había tiendas, pero en Nueva York nadie te preguntaba de dónde eras. Simplemente les importaba una mierda.

Dios, eso me encantaba.

La sesión fue bien, y aunque no me entusiasmó el hotel en el que me alojaron, el Tannery en la Treinta y cinco con Madison (no muy agradable), disfruté con los canales porno. Por qué no, tenía todos los gastos pagados. Y me cambiaron de hotel después de los tres primeros días. De todos modos, las imágenes iniciales del coche se tomaron en otra zona de la ciudad, en la que había un «estudio» más grande. No sabría deciros dónde era: lo único que recuerdo es que no estaba muy lejos de Broadway. Así pues, la siguiente fase de composición había que hacerla en la sede de Tomkinsin en Broadway.

Ya me iba bien. Me presenté allí el primer día y me trataron como a un famosete. Evidentemente, solo me estaban lamiendo el culo, pero era difícil no disfrutarlo. Acabé criticando lo bien que lo hacían. Casi como si pusiera el culo en pompa y dijera: «Perdonad, os habéis dejado un poquito ahí». Terrible, la verdad. Era un sobreentendido. Ellos sabían que sabías que sabían, etcétera, y así hasta el infinito.

Así que después de una jornada especialmente exitosa de dejar que me lamieran el culo, una jovencita se me acercó y dijo, nerviosa:

—¿De qué parte de Irlanda eres?

Me había oído alardear de que era irlandés.

—De Deelford —dije, fijándome en lo bonita que era, aunque más que un poquito joven.

La había visto antes por allí, pero, como es natural, pensé que era una de las muchas ayudantes que por lo visto necesitan los fotógrafos. Lo era.

—Vaya, es para mearse.

Solo había oído usar esa expresión a irlandeses.

—¿Eres irlandesa?

—Sí, claro, de Dublín.

Bueno, reconozco que no pensé mucho más en ello, pero he recordado aquellos instantes muchas veces desde entonces. En busca de pistas. Cualquier cosa que me ayudara a explicar qué coño estaba pasando.

Luego dijo que había «un montón de nosotros por aquí» y que si quería, ella podía llevarme a dar una vuelta. Me pareció que era demasiado joven, de verdad. Peligrosamente joven, si sabéis a lo que me refiero. Pero después de hablar con ella un poco más, averigüé que su padre adoptivo de Deelford resultaba ser el abogado de mi padre. Era muy bonita, tenía un aire muy inocente. El que fuera irlandesa y tuviera contactos en Deelford, en combinación con el hecho de que su padrastro había sido el abogado de mi padre me pareció que quería decir algo. Opté por que quería decir que mi padre fallecido me la había enviado como regalo para compensar el sufrimiento que había padecido en Saint Lacroix.

Fue un grave error. No era consciente de querer cepillármela. Seguía creyendo que era muy joven, pero pensé que la invitaría a cenar como algo especial. Después de todo, estábamos prácticamente emparentados, y ¿qué pensaría su padrastro si se enteraba de que nos habíamos conocido y ni siquiera me había ofrecido a llevarla a cenar? Me dio su número, y, por mero desconocimiento, hice una reserva en el mismo restaurante al que me había llevado Tomkinsin a modo de detalle social unas noches antes. De hecho, también había ido allí con Telma.

¿Quién era Telma? Telma Way era una chica preciosa que trabajaba en la sucursal de Nueva York y se invitó a cenar conmigo cuando me vio ocioso por allí. La verdad es que no pensé en ningún momento que hubiera la menor oportunidad de liarme con ella a nivel romántico. Era todo un personaje, muy hermosa y muy dura.

Aisling, así se llamaba la chica irlandesa.

Sí, a mí también me gustó. «Sueño» en gaélico. Me ha perseguido desde entonces. Así pues, Aisling dejó un mensaje en el contestador de mi hotel diciendo: «Nos vemos allí».

3

Llegó con media hora o así de retraso, pero estaba preciosa de la hostia. Jersey negro de cuello pico, falda tubo negra, zapatos negros. La larga melena castaña ondeando a su espalda cuando entró por la puerta. Me sonaba de algo, como si ya la conociera. Como una hermana que tuve y perdí.

Tan limpia, joven y adulta al mismo tiempo. Desde el momento en que entró por la puerta, mi mayor reto fue ocultarle hasta qué punto me había afectado. Se me acercó, creo, con la intención de inclinarse hacia mi izquierda para darme lo que según aprendería era el obligatorio besito en la mejilla neoyorquino. Nunca había oído hablar de nada parecido en Saint Lacroix.

Esos ojos.

Esto va a sonar horrible, pero me da igual. Ya estoy de vuelta del bochorno.

No puedes herir a un hombre con un pinchacito cuando ya tiene una lanza clavada en el pecho. Os juro que era igual que las imágenes de la Virgen María en los hogares católicos irlandeses.

No es coña.

La Puta Virgen María.

—Estás guapísima —dije al tiempo que indicaba con un gesto el atril de la azafata.

—Gracias, tú también.

Esa fue su primera mentira. Salimos a la palestra. Todo cuero marrón y baldosas con manchas de té. Era viernes por la noche. Yo tenía que tomar un avión de regreso ya sabéis adónde a la mañana siguiente. Estaba bastante concurrido, así que no nos dieron el reservado que había pedido. Pero nos tocó una mesa bastante buena. No era estúpida. Eso al menos quedó muy claro, muy pronto.

No era una rubia sin cerebro ni experiencia de veintidós, veintitrés o incluso veinticuatro años. Al hablar era más adulta de lo que aparentaba. Eso me desconcertó mucho. Esperaba pasarme la velada esquivando halagos de tal enormidad que me vería detestándola por su falta de sutileza. En cambio, acabé dándome de tortas por la mía. Y ya era tarde. No podía despertar de pronto y decir: «Ah, no me había dado cuenta de que eras inteligente. Pensaba que eras una cría idiota y servil, indigna de que me aplicara a fondo».

Debió de haber visto todo lo que necesitaba ver en los primeros quince minutos de mi diatriba, egocéntrica a más no poder. Lentamente, casi con consideración, me dio a entender hasta qué punto me había delatado a mí mismo. Ella había asistido a exposiciones sobre las que yo apenas había empezado a leer. Películas que me sonaban ya eran recuerdos para ella. Y no me habría dado cuenta de que había pronunciado mal los nombres de todos aquellos artistas extranjeros si no los hubiera pronunciado ella después.

Su superioridad era elegante, compasiva incluso. Hablando de empezar con mal pie. Como es natural, desde entonces he atribuido hasta el último matiz de la conversación de aquella velada a sus diabólicas habilidades de manipulación, pero lo cierto es que cuando alguien me eclipsa, oculto la ira poniéndolo en un pedestal. Así parezco generoso, de modo que cuando quiera asestar la puñalada, esa persona confíe en mí. Sí, a veces me doy miedo hasta a mí mismo.

En cualquier caso, luego me contó que era de la zona de Whiteheath de Dublín. Mucho después averigüé que es una zona sumamente acomodada. Y que era hija única. Trabajaba como ayudante de fotografía autónoma porque así, entre un encargo y otro, podía dedicar más tiempo a su propia obra. Ya me perdonaréis, pero yo siempre he traducido eso como: «No encuentro trabajo a jornada completa». Mientras ella hablaba, yo me estaba enamorando total e irrevocablemente. Las manos largas, la mirada directa, los golpes de cabeza para dominar el sedoso cabello cuando le caía fuera de lugar, la pálida piel de su cuello, el suave declive de sus pechos pequeños.

Basta.

Cuando parecía impresionada con algo que había dicho yo (ahora me estaba dando cuenta de que tenía que desempolvar mi mejor porcelana, por así decirlo), lo demostraba como si fuera un crío: «¿De verdad? Vaya, qué bien» o «Deben de estar encantados contigo» y «Ojalá tuviera yo tus problemas». A partir de esas reacciones me di cuenta de que, desde su punto de vista, estaba intentando impresionarla. Tuve la sensación de que me había engatusado para que lo hiciera. Sentí deseos de empezar la velada otra vez desde cero.

Y no podía dejar de pensar que estaba aburrida pero interpretaba su papel. Se tomó un Barcardi con cola durante la cena. Uno bien grande. Yo comí chuletas de cerdo. Todavía guardo la cuenta. Me reembolsaron los gastos, pero guardé la cuenta. El caso es que aquella noche cambió mi vida. De no haber sido por aquella noche, no estaría aquí sentado en el East Village de Nueva York, escribiendo este puto texto. Dijo que me gustaría el East Village.

Estaba en lo cierto.

Pero ahí lo tenéis. Me enamoré de ella hasta las trancas. ¿Cómo no iba a enamorarme? ¿Era el regalo que me enviaba mi padre muerto e iba a rechazarlo? No. Charlamos tranquilamente sobre publicidad y yo intenté deslumbrarla en términos generales como mejor podía. Se mostraba cauta pero educada, muy educada. A la antigua usanza. Nunca había tenido ocasión de estar cerca de nada parecido. Incluso me sirvió agua mineral en la copa y giró la botella de golpe como se hace con el champán.

Me encantó.

Se mostraba muy atenta. Eso era. Sabía cómo manejar a un tío. Te hacía sentir que estaba bien ser un tío. Ser tú mismo. A mi modo de ver, es el arma más devastadora de todas en el arsenal de una mujer. Si puedes animar al hombre a que sea él mismo, a que revele su carácter, su manera de ser, entonces ya sabes cómo manipularlo, y a partir de ahí ya nunca será capaz de ocultarse de ti.

Yo ya lo sabía.

Me las he arreglado para seguir diez años en el mundo de la publicidad. No es un mundo que se caracterice por ser caritativo, e incluso yo, don Desilusionado en persona, entré por sus cortinas de terciopelo y firmé la renuncia. Estaba preparado, eso sí; coño, llevaba cinco años sin tocar a una mujer.

Así pues, hizo su numerito de aristócrata irlandesa que se porta bien y yo hice el mío: el chico perdido irlandés con dos ojazos prestados de una vaca. Cruzó la sala como deslizándose y me llevó de vuelta a Broadway y luego a Bleeker Street, que en mi ignoran-

Una frase épica por mi parte. Ya había embutido unos quince años de adolescencia poco experimentada en dos horas, y ahora ahí estaba el tipo de treinta y cinco años semimaterializado soltando el rollo de su vida. Ella masculló algo acerca de que la cosa iba demasiado deprisa y yo reculé con agradecimiento. Con alivio. Así pues, nos fuimos caminando lentamente por la calle, cogidos de la mano, buscando un taxi, aunque sin mucho empeño. Al final se volvió hacia mí y dijo:

—Podemos volver al hotel siempre y cuando nos lo tomemos con calma.

Sin más, empezamos a andar más deprisa. Paró un taxi. Nos besamos un poco en el asiento de atrás. Qué preciosa estaba Nueva York a través de las hebras relucientes de pelo castaño que me caían sobre la cara entre los besos.

Dejadme un momentito.

Gracias.

Poco después llegamos a mi hotel y el portero avanzó hacia nosotros a cámara lenta. Esas criaturas que vigilan puertas me dan mucho miedo, porque conocí a una en Saint Lacroix y lo único que por lo visto hacía era quejarse de las pocas propinas que le dejaban. Yo no les daba propina. ¿Por qué? ¿Por estar ahí plantados? Así que mi joven novia y yo pasamos por delante de su rostro sonriente —envidioso, a mi modo de ver— y entramos en el ascensor. Yo estaba muy nervioso en ese contenedor cubierto de espejos que zumbaba. ¿Por qué siempre tienen espejos? No se me ocurre nada más aterrador que la imagen de mi propio reflejo desde dos o tres ángulos distintos. Así pues, me quedé mirando al suelo.

La habitación 901 suponía subir nueve plantas.

Recé para que funcionara la llave. También recé para que ella hubiera cumplido los dieciocho. En este país, nadie quiere verse asociado, ni de coña, con la pedofilia. Y esta chica parecía muy joven. Me convencí de que tenía por lo menos veintitantos, pero aun así no podía quitarme de la cabeza que la policía iba a tirar la puerta a patadas en cualquier instante. En un momento dado se volvió hacia mí (para entonces ya estábamos en la cama) y parpadeó inocentemente.

–Cuéntame un cuento –dijo.

Debí de quedarme blanco. Podría haber tenido catorce años. Le conté la historia de una mujer que se trajo una rata de la India porque pensó que era un perro. Nos besamos y nos acariciamos, y acabé comiéndole el coño.

Bueno, no quiero pasarme de gráfico, pero tengo que decirlo porque es verdad y, según mi experiencia, poco común. El sexo le sabía más rico que la boca. Podría haberme quedado allí abajo toda la noche.

Sin problema.

Volví a subir solo para ver si estaba tan bonita como sospechaba. Lo estaba. La cosa siguió así hasta que empezó a amanecer. Había dicho que nos lo tomáramos con calma, así que eso hicimos. Me empeñé en que no llegáramos hasta el final.

Empezaron a aflorar recuerdos de estar con Pen, recuerdos corporales. Recuerdo mirar a Aisling mientras dormía y pensar: «Ha vuelto. He recuperado a Penny». Acostumbraba a mirar a Penny cuando estaba dormida. Era agradable dejar que mis ojos vagaran por su piel tersa sin que se diera cuenta. Un cuadro que vivía y respiraba. Era extraño estar palpando un cuerpo desnudo otra vez después de tanto tiempo. Me aterraba hasta tal punto que no me encontrara atractivo que ni siquiera me quité toda la ropa. En secreto, me alegraba que nos lo estuviéramos tomando con calma, porque eso suponía que no tenía que verme obligado a dar la talla. ¿Y si me corría demasiado pronto o no se me levantaba?

Me remití a uno de los preceptos de Alcohólicos Anónimos.

En caso de duda, sé útil.

Así que me concentré en brindarle tanto placer como pude. Pen me había enseñado a comérselo, y ahora me alegraba. El rostro dormido de Aisling lucía una suave sonrisa. Parecía bastante satisfecha.

A la mañana siguiente dije que teníamos que ir a desayunar. Hice el equipaje y pagué la habitación. Poco después estábamos en otro taxi camino a un café cerca de donde vivía ella. Y poco después de eso yo estaba en otro taxi y de vuelta a Aquel Lugar. Ella no volvió la vista cuando me monté en el taxi y me alejé de allí.

Lo sé porque yo sí la volví.

De nuevo en Saint Lacroix, aún no había nevado. Aún no había vendido la puta casa. Ya estaba de los nervios por culpa de la paranoia, convencido de que mi empresa había instigado un bloqueo para que no se vendiera mi casa. Creía que le estaban pasando dinero bajo cuerda al agente inmobiliario para que no pusiera mucho entusiasmo en cerrar el trato. Me encontraba bajo una presión tremenda con una gran campaña que estaba haciendo para una organización benéfica que gestionaba vacaciones de verano a niños con sida.

Un gran proyecto. Vaya cosa.

Toda agencia publicitaria quiere tener entre sus clientes a una organización benéfica para la que piden toda suerte de favores disparatados. Sin embargo, conlleva incentivos que no están nada mal. Por una parte, la agencia puede hacer un gran trabajo espectacular para una organización benéfica, más espectacular de lo que le estaría permitido para un anuncio de alubias en salsa de tomate. Y, por otra, hay desgravaciones fiscales y cancelaciones de deudas. Pero es importante tener cuidado con qué organización benéfica te asocias.

Sobre todo en Estados Unidos.

Por ejemplo, una organización benéfica que recauda fondos para ayudar a los adictos a desengancharse de la heroína no es ni remotamente tan fiable ni fotogénica, ni tan siquiera digna de compasión, como una que ofrece tratamiento a niños con sida. Los adultos con sida no sirven. Podría ser culpa suya. No, los niños están bien. Los niños con sida están mejor. Lo siento, pero es verdad. No es culpa de las agencias de publicidad. En realidad, tenéis la culpa vosotros.

El público.

Y si esto nunca se publica, también es culpa vuestra, porque significa que se consideró que esta clase de relato no revestía interés para vosotros.

Cabrones.

Sois incapaces de aceptar que un adicto a la heroína pida dinero para dejar la droga. Y a lo mejor tenéis razón. Quién sabe. Pero el caso es que las organizaciones benéficas son tan competitivas como las compañías comerciales, y hoy en día tienen que pensar como estas.

Después de todo, van detrás de la misma pasta.

Luego están las cadenas de televisión. Solo tienen un tiempo de emisión determinado al año para causas benéficas. ¿A cuáles deben donar su tiempo? Cada cadena tiene niveles que mantener, y temen dejar que el tono de sus canales flaquee. El asunto se reduce a qué anuncio va a hacerles quedar mejor. Una vez más, con los críos se va sobre seguro. Así que la agencia de publicidad tiene el buen tino de escoger una organización benéfica con un montón de críos, porque sabe desde el primer momento que las cadenas de televisión les dedicarán más tiempo; en este caso, tiempo de emisión.

En cualquier caso, dejadme que os cuente mi historia sobre el campamento de verano para niños. Estábamos grabando el anuncio en un lugar llamado Camp Northern Minnesota. Dormíamos en literas en el campamento. Ni siquiera sabía lo que era un campamento de verano hasta que pedí que me lo explicaran. Seguía pareciéndome algo que solo harían niños de clase media. Pero en Estados Unidos no hay clase media. Sí, claro.

Después de dormir a trompicones, fui al cuarto de baño común (que es un eufemismo de retrete) a cagar y afeitarme. Se me pasó por la cabeza que con doscientos niños corriendo de aquí para allá durante el verano, podían haberse dejado en los lavabos algunas de sus enfermedades contagiosas. Se me pasó por la cabeza justo antes de afeitarme.

Me imaginé todos los poros de mi piel abriéndose al aire plagado de enfermedades. Dios. Me afeité de todos modos, claro. Y tras lanzarme unas cuantas miradas de admiración, me convencí de que aunque no había dormido bien, no tenía aspecto de no haber dormido bien.

Tuve cuidado de no sonreír. No quiero que me pillen nunca sonriéndome en el espejo. En la intimidad está bien. Luego fui a desayunar. El equipo y el director ya estaban reunidos en torno a los platos humeantes. Se les veía sin arreglar y sin afeitar.

Eso me agradó.

Me senté y me puse a comer huevos y tostadas o lo que quiera que fuese. *Caaafé.* Entonces entró el jefe del campamento y héroe de la jornada en general, todo dicharachero, retorciéndose las manos y bajando los ojos en un exceso de humildad. Dirigía el campamento y era fundador de todo aquello. Me fijé en que él también iba sin afeitar. Era muy poco propio de él, pues siempre se preocupaba mucho por su aspecto. De hecho, aparte de ir sin afeitar, parecía tan bien vestido como siempre, aunque con prendas de acampada de algodón y tweed. Se me empezó a cuajar la sangre en las venas. Se arriesgó a echar una mirada humilde por la mesa. Solo buscaba información. ¿Quién estaba sentado a la mesa? ¿Con quiénes tenía que mostrarse más amable y en qué orden?

Al verme, se detuvo:

—No te habrás afeitado, ¿verdad?

Debí de quedarme pálido.

—Pues sí.

—Venga ya, qué chasco.

Estaba a punto de preguntarle cómo creía que me sentía yo.

—Aquí en el campamento no nos afeitamos. Buscamos un ambiente informal, aunque supongo que como, hablando en sentido estricto, sigues trabajando, esta vez lo dejaremos pasar.

Dejé escapar una risa genuina. Viviría. Y, más importante aún, no tendría que hacerme la prueba del sida antes de volver a verme con mi amada. Estar en ese campamento, con pájaros cantando y niños por todas partes tan monos y simpáticos con los demás, había despertado algo familiar en mi interior. Nos vi a Aisling y a mí viviendo en algún lugar boscoso como aquel. La luz moteando nuestra felicidad, las risas resonando entre los árboles, antes de hacernos callar mutuamente para no despertar al bebé.

Qué afortunados nos consideraríamos de que nuestro hijo no se hubiera contagiado de ninguna enfermedad horrible.

El número de teléfono de mi futura esposa me quemaba contra el muslo y dentro de un cajón y en algunos otros sitios que no alcanzaba a recordar. Había tomado la precaución de anotarlo en varios papeles por si lo perdía. Tenía que resistirme a la tentación de llamarla. Mucho.

Era una necesidad física.

Lo llevaba fatal. Bueno, no había ni mirado a una chica en cinco años, y ahora ella me había atrapado por completo. Ni siquiera sabía lo que era. En realidad, nunca había sentido aquello. Me estremezco ahora que lo recuerdo, pero estaba enamorado de verdad. O encaprichado. Los ojos me pesaban cuando pensaba en ella: se me dilataban las pupilas con solo imaginarla.

Los anuncios de la campaña resultaron ser bastante buenos, y uno llegó incluso a ganar un premio.

Todos los niños que aparecían en ellos han muerto desde entonces.

No sé muy bien qué hacer con eso.

Pero es lo que hay. Me resulta fácil mostrarme completamente sincero porque la posibilidad de que alguien llegue a publicar esto es sumamente remota. Al menos me beneficiaré de ello como de una especie de terapia. ¿Lo que sentía era amor u obsesión? Sigo sin saberlo. De algún modo, pensar en ella, o incluso pensar en llamarla, me ayudaba a sobrellevar aquellas noches en Minnesota.

Así pues, la llamé y conversamos, sobre todo de publicidad, y por lo tanto de mí. Creía que estaba interesada. Tal vez lo estuviese. Al menos eso le habría permitido disfrutarlo un poco más. No puedo sino pensar que debió de abordar esta parte de todo el asunto como aborda una prostituta la charla antes del sexo. Tienes que escuchar las chorradas de esos tipos antes de que se sientan lo bastante cómodos para empalmarse, y tienen que empalmarse o no mantendrán las relaciones sexuales que es necesario que mantengan para que te paguen. Eso creo yo que ocurría. Me escuchaba, sencillamente sé que me escuchaba. Ya estoy con eso otra vez. El ego masculino. Como el tipo que cree que la puta se corre cuando parece que lo hace. Quiero creer que me escuchaba y le gustaba y, sí, que incluso me quería un poquito. Incluso ahora por lo visto quiero creerlo. Qué locura, ¿eh? Antes decía «Qué locura, ¿no?». Pero ahora digo «eh».

América.

En Minnesota, había pasado casi dos años de un ánimo horrible y tenía la sensación de merecer que me ocurriera algo bueno. Después de llevar ya un año en Nueva York, ahora veo lo inocente y estúpido que debí de parecerle a una fotógrafa de veintisiete años ansiosa que te cagas y decidida a abrirse paso en la escena neoyorquina. Nada que objetar. Su fascinación debía de haber sido tirando a morbosa, pero la mía no estaba mucho más desarrollada.

Deseaba que me ayudara. Que me ayudara a salir de Saint Lacroix. Deseaba que fuera mi guía en Nueva York. La deseaba. La deseaba mucho.

Tenía mis motivos, y supongo que ella tenía los suyos. A sus ojos, debía de parecer un pedazo de paleto gordo y calvo que cobraba más de la cuenta, un *culchie*, término reservado para cualquiera más allá del área de Dublín.

Maduro para cogerlo del árbol.

Seguro que Aisling había visto a muchos de mi calaña durante sus viajes como ayudante de fotografía. Las sesiones en Miami –la luz, cariño– eran habituales para los fotógrafos de una ciudad cubierta de nubes como Nueva York. Cantidad de hoteles y bares y largas sesiones. Cantidad de directores artísticos como yo con dinero y esposas, niños e hipotecas. Espero haber destacado porque lo único que yo tenía era la hipoteca.

Debió de pensar que estaba casado, eso sí, o deseó que lo estuviera. El caso es que no pude por menos de pensar que estaba recabando información sobre mí para darle algún uso más adelante. Quizá quería material para chantajearme acudiendo a la esposa que ella imaginaba que tenía. Bueno, ¿qué otra razón podía tener para vivir en una casa victoriana con tres dormitorios? ¿El motivo del chantaje? Obtener grandes y jugosos encargos de la agencia publicitaria. Que le ofreciera uno o dos proyectos una empresa de renombre como esa sería muy importante para una fotógrafa novata como ella.

«Qué coño –pensé–, es muy guapa, me siento solo. Yo también necesito algo que me alegre la vida.» Si no hubiese tenido una tía tan buena incitándome, no habría tenido pelotas para hacer lo siguiente. Le otorgué el poder de sacarme de allí.

Empecé a llamar al departamento de personal para informarme acerca de cómo presentar la renuncia. Como si no lo supiera. Quería que se dieran cuenta de que iba en serio. Ya me traía sin cuidado. En realidad, fue una locura. Debieron de ver que estaba enamorado, y, no nos engañemos, lo estaba. Tuve buen cuidado de preguntar si lo que tratábamos era confidencial, a sabiendas de que en una situación así tendrían que informar al jefe del grupo. Así que me las arreglé para amenazar con mi dimisión sin necesidad de dimitir. Graham, mi jefe, se enteró de lo que yo quería que supiera. Que iba en serio.

No tuve que esperar mucho para que me preguntase de pasada si había vendido mi casa. No olvidaré nunca la expresión de su rostro. Dios me asista, cómo lo disfruté. Y también esta vez, os lo aseguro, pasé por lo de que me ocurriera a mí lo mismo después, pero aquel fue mi momento. El mejor modo de describir su pálida cara es decir que se vio recorrida por una onda. Desde por debajo de la mandíbula y en sentido ascendente hacia el nacimiento del pelo, una sola onda. Igual que la leche. Así de pálido estaba. Hizo falta un par de compases para que calara su importancia en él y luego en mí. No creí que fuera a importarle mucho, en un sentido u otro. Pero, por lo visto, le importaba. Debía de estar convencido de que me tenía para otro par de años. Si yo hubiese sucumbido a las suecas, probablemente habría sido así.

Al día siguiente me llamó para decirme que tenía que marcharme a Nueva York para echar una mano en esa oficina durante unas semanas. Yo no sabía que no regresaría, aunque eso esperaba. Podría ver a Aisling. El trabajo me daba igual. A la mierda el trabajo, estaba harto de la publicidad y de todos los que formaban parte del mundillo. Lo único que quería era unas cuantas semanas a costa de la empresa en un bonito hotel de Nueva York con mi amor.

De nuevo en el «Fuerte Cagada», como había dado en llamar a la casa, hablaba con Aisling. Imaginaba que estaba sentada en un sillón delante de mí. Miraba tiernamente hacia la media distancia justo encima del sillón como si contemplara sus ojos verdes y ladeaba la cabeza, impresionado. A la vez que asentía cortésmente, me inclinaba hacia delante y me mostraba de acuerdo casi a regañadientes con lo que decía. Era una chica tan inteligente que hasta yo tenía que darle la razón.

Y luego me reía, tan contento. Porque era feliz. Estaba viviendo una historia de amor. La historia de amor perfecta, sin interrupciones por parte de nadie. Vi una caricatura en la que se veía a Narciso contemplando su propio reflejo en un estanque. Su novia le pregunta: «Narciso, ¿hay alguien más?».

Si me despedían al final de mi estancia en Nueva York, pues bien, al menos habría disfrutado de unos cuantos momentos memorables. Había intentado organizar viajes a Nueva York en otras ocasiones, pero todos se habían ido al traste. Una y otra vez intentaba disimular la decepción en mi voz cuando le contaba a Aisling que al final no podría ir.

Me sacaba de quicio sentir que perdía toda esperanza de que nuestra relación siguiera adelante. Eso me estaba matando. Luego llamaba el sábado por la mañana, hacia las diez y media, y ella no estaba. La diferencia de una hora hacía que me provocase aún más ansiedad: eran las nueve y media en Nueva York. Joder, la cabeza se me disparaba, eso seguro.

¿No está?

Evidentemente, va de camino a casa desde el piso de algún tipo o igual sigue allí, follándoselo. ¿Por qué no? Se fue conmigo a la cama la primera noche que salimos. Pero aquello era distinto, aquello era amor. Aquello era conmigo. Llamaba y me ofrecía a ir un fin de semana. Ella rehusaba con tacto, diciendo que sería mejor que no tuviese que pagarlo de mi bolsillo. Mejor esperar a que surgiera un viaje de trabajo. Tenía razón, claro, pero me moría de ganas de sexo. También veía que era ambiciosa. No temía hablar de su trabajo.

Me asustó un poco porque suponía que solo estaba interesada en mí debido a mi puesto de director artístico senior. Detestaba la palabra «senior», me hacía parecer mayor. A sus ojos, debía de parecer viejo que te cagas. Me consolaba diciéndome que no aparentaba mucho más de treinta y dos. Ella me seguía la corriente. ¿Qué preciosidad con veintisiete años recién cumplidos no lo haría? Iba a celebrar una exposición, dijo una noche. Me alegré tanto de que me implicara en su vida lo suficiente para contarme ese detalle que me ofrecí a ayudarla. Intenté impresionarla con mi talento como manipulador de medios de comunicación, pero no quedó impresionada.

Decepcionada, más bien.

Se me ocurrió la cutrez de intentar darle a todo el asunto un sesgo en plan día de San Patricio.

Ahora veo que eso debió de permitirle sentirse más cómoda con lo que iba a hacer. Es curioso cómo después de decidir que alguien no nos gusta, encontramos razones que respalden nuestra decisión, y lo mismo cuando ocurre lo contrario. Creo que fue eso lo que ocurrió. A medida que fui implicándome, ya había decidido que me gustaba –no, que la quería– y progresivamente empecé a recopilar y entrelazar una serie de pequeñas observaciones y matices que la vinculaban afectivamente conmigo.

Al mismo tiempo, ella estaba elaborando su propia lista.

De quejas.

Recuerdo silencios después de decir yo algo. La clase de silencio en el que dejas cociéndose en su propia salsa al que hablaba, ahora callado. Como si lo que se ha dicho quedara bajo un foco. Como cuando se repite algo en un tono de voz frío y desapasionado. Y en esos respiros que se tomaba de mí, renovó su fervor para culminar lo que ya debía de haber comenzado.

Lo que sé sobre ella es lo siguiente.

Veintisiete años. Aisling McCarthy. Ayudante de fotografía. Trabajó como directora de proyectos en una gran empresa de diseño en Dublín a principios de la década de 1990. Se fue de Dublín después de ganar un permiso de trabajo en la lotería. Me contó que se moría de ganas de irse de Dublín. Trabajó en Los Ángeles cosa de un año. Trabajó como azafata en el Green Room, un restaurante de cuatro estrellas frecuentado por la élite de Dublín. Procuro no definir «azafata» a menos que me sienta especialmente borde.

Adora Deelford, mi ciudad natal, y a su padre adoptivo, el señor Tom Bannister, el abogado de mi padre, ahora fallecido.

Su madre es de Ballina. Tiene una actitud bastante patriótica hacia Irlanda, aunque no en plan feniano nacionalista desagradable. Cuando la conocí, era una de las ayudantes de Peter Freeman, un fotógrafo importante, un fotógrafo muy importante, probablemente uno de los mejores de Nueva York y, por lo tanto, del mundo. Compartía apartamento en el Lower East Side de Nueva York con dos personas. Su domicilio en Irlanda está en Whiteheath. Un sitio pijo de la hostia, os lo aseguro. Y parece muy, pero que muy joven. La han tomado por una chica de dieciséis.

De niña pasó una temporada en un internado de monjas. Había una religiosa de la que era muy amiga. Además, su abuelo murió durante la época en que estuve con ella.

Está obsesionada con los retratos, concretamente los de alto contraste en blanco y negro.

Estuvo en España, trabajando en un museo.

Retuve todos estos datos después de una breve velada y no más de cuatro llamadas de teléfono. No podría acusarme de no prestarle atención. Si acaso, escuchaba demasiado. Intentaba empaparme de ella. Habría sido capaz de escribir un libro sobre ella.

Uy.

Una vez fue de vacaciones con su familia a Perú. Dijo que le asqueó cómo la miraban. Con una tez tan blanca, en aquel entorno donde tenían la piel curtida y el pelo negro. En su nuevo empleo tuvo que aprender mucho sobre informática. Me animó a que montara mi propia agencia en Dublín. Le gustaba beber Guinness. Peter Freeman le ayudaba en su trabajo. Hasta iba los fines de semana a echarle una mano. Cuando me enteré, me puse celoso.

Eso es todo, más o menos. Aparte, claro está, del resto de lo que os voy a contar. He de reconocerlo. Me estoy sorprendiendo aquí, porque normalmente soy más cauto. Si tuviera la manera de torturarla y matarla sin acabar en la cárcel, lo haría. O si creyera que podía hacerlo. No os preocupéis, no sueño despierto con lo que haría o cómo lo haría. Es solo que me siento capaz de hacerle daño. Aunque no se lo haré. Estas páginas son lo más parecido a ajustarle las cuentas por lo ocurrido aquella noche de marzo. Pero no nos adelantemos de golpe hasta eso, ¿vale? He estado que me subía por las paredes durante casi seis meses. Para poner a alguien tan furioso hace falta cierto talento y, quiero pensar, inteligencia. Amor, odio, ¿qué más da?

Una noche hablando por teléfono, me dijo que tenía un contrato de edición. Qué interesante, dije, y le pregunté qué clase de contrato y cómo se las había ingeniado para conseguirlo. Siempre estaba interesado en salidas que me permitieran dejar la publicidad. Dijo que tenía un amigo que cursaba estudios de edición en Princeton. Procuré no tragar saliva. Estábamos hablando de cabrones muy ricos. Olvidaba que en ese momento yo también estaba ganando una pasta gansa, claro. Nunca me he sentido rico. Solo idiota. Sobre todo en aquella casa. El libro consistiría en una serie de ensayos fotográficos. Retratos. Ya había hecho algunos. Pero tenía un par de años para terminarlos.

De inmediato sentí envidia. Yo ansiaba hacer algo puro. Algo que no tuviera que ver con vender nada.

—Tal vez salgas tú —dijo.

Dejó la posibilidad abierta. No supe si debía sentirme halagado, pero lo estaba. Acordamos vernos en Dublín cuando fuéramos los dos a Irlanda en navidades. Llamé desde Saint Lacroix y reservé una buena habitación en el hotel Shelbourne de Dublín. En Saint Lacroix hacía un frío que te cagas cuando me monté agradecido en un taxi, resoplé sonoramente y con acento americano le dije al taxista que me llevara al aeropuerto. Era un trayecto de cuarenta y cinco minutos, y no, no quería conversar. El vuelo también era largo. Ocho horas y media. De hecho, fueron más por culpa de Northsouth Airlines.

La peor compañía aérea del mundo.

Los retrasos eran habituales. Nunca llevaba más que el equipaje de mano, porque sino las maletas acababan llegando con dos días de retraso a dondequiera que estuviese. La gente siempre estaba gritándole al personal de Northsouth, y saltaba a la vista que estaban acostumbrados a que les gritaran, porque lucían máscaras profesionales de indiferencia. Era la única compañía aérea que tenía su sede en Minnesota, conque no se podía hacer gran cosa, aparte de gritar.

Suponía que estaría muy cansado antes de encontrarme con mi amor en Dublín. Dejé unas horas de margen para poder dormir un poco en el Shelbourne, antes de despertar para encontrarme un mensaje debajo de la puerta.

Con el membrete del hotel Shelbourne, era uno de esos impresos de «Haga el favor de llamar» o «Mientras usted estaba ausente» con casillitas marcadas. Escrito en una hermosa caligrafía, el nombre de «Aisling» encabezaba la composición de tipografía victoriana, tan exótica ahora, después de un año y medio en el entorno sin historia que acababa de dejar atrás.

Todavía tenía una hora y media antes de llamarla a las siete de la tarde, tal como indicaba la casilla marcada. Me hacían falta condones, y empezó a entrarme pánico porque no recordaba si Irlanda seguía siendo un lugar medieval en ese aspecto. En una época no muy lejana no se podían comprar. Te los tenían que recetar.

Salí a dar un paseo. Doblé a la derecha al salir por la preciosa puerta principal del Shelbourne y me dirigí hacia Grafton Street. Tuve que contener las lágrimas. No creo ser capaz de captar lo que sentí entre aquellos rostros jóvenes y hermosos. Fue como si alguien estuviera a punto de gritar: «Él no. No. Todos los demás pueden pasear por aquí y reír, estar relajados y vestir bien, pero él no. Ni siquiera tendría que estar aquí».

Era una maravilla. Ni siquiera sé si era Grafton Street. Era una calle peatonal, la víspera de Nochebuena. Nunca olvidaré ese momento. Incluso encontré una farmacia Boots, que me hizo sentir como si estuviera en Londres. Dublín había cambiado mucho, y yo también.

Estaba más triste.

Pero después de comprar una caja de doce condones (eh, alguno podía romperse), me animé un poco. Regresé al hotel, sintiéndome como quien acaba de salir de la cárcel. Llamé al número de su casa desde mi habitación y contestó un tipo. ¿Su padre? ¿Su padre adoptivo? Dios, no me lo esperaba. Así que dije que llamaría después o algo por el estilo. No me pareció que se quedara muy contento. A las siete en punto, ella me llamó y propuso quedar en la esquina de ese enorme centro comercial de vidrio de Grafton Street. Sabía dónde era, y, procurando mantener la calma, accedí a verla allí en quince minutos. ¿Quince minutos? Fui hasta allí y la esperé en la acera de enfrente. Llegó un poco tarde. Pero muy bonita. Tuve que mirar una y otra vez para convencerme de que en realidad era tan preciosa como parecía. Pensé que ella estaba haciendo lo mismo conmigo, pero ahora veo que debía de estar fijándose en la cara redonda como una luna que tenía. Lo fácil que era engañarme.

Comimos algo en una cafetería cercana y fue allí donde se tomó la primera foto. En realidad ni siquiera me di cuenta, pero vi algo en sus ojos después de que pulsara el botón de la camarita desechable. Dijo que probablemente ni siquiera saldría, con la poca luz que había en el restaurante. Le pregunté si siempre iba con una cámara. Dijo que sí, pero que me reiría si la viera. Aseguré que no. Ella insistió en que sí. Así que dije, bueno, sí, me reiría. Sacó una cámara de usar y tirar (de las que se venden en los quioscos) e, inclinándola hacia arriba por encima del mantel de modo que me enfocara la papada, pulsó el obturador. Recuerdo que estaba mirándola a ella cuando la hizo. Miraba directamente sus grandes e inocentes ojos verdes…, clic. Me sentí robado de inmediato.

Había captado mi cara de luna.

La mirada de idiota había desaparecido de mi cara, sustituida por una expresión de desconfianza. Solo un momento. Mi instinto inicial había sido acertado. Me di cuenta de que una fotografía hecha así –de improviso, sin esperar, tomada por una profesional– no era para que resultase favorecedora.

Ella tomó agua con la cena y luego acabamos en un pub en Temple Bar, donde bebió cubatas de Bacardi toda la noche, mientras yo me tomaba unas cinco botellas de puta agua de Ballygowan. Para cuando volvimos al hotel, ella debía de llevar un colocón de cuidado. Me quedé contento de cómo yo había llevado el asunto. Dije:

—Es una pena que no puedas venir conmigo al hotel.

—Por qué, ¿hay normas? ¿No puedes llevar a nadie a tu habitación? —preguntó.

—No, he supuesto que no podrías venir, estando con tus padres y tal…

—Qué va. Me gustaría ir.

Ding ding. A toda máquina. Cuidado con esos icebergs. Volvimos paseando al hotel, ella aferrándome la mano gordezuela con sus largos dedos. Hacía una noche preciosa y los árboles de Stephen's Green tenían un tono amarillento por efecto de las farolas en contraste con el cielo azul marino. No dijimos gran cosa. Ella había estado besándome. Sin parar. En un momento dado, sus ojazos se dilataron y las pupilas se le encogieron hasta parecer cabezas de alfiler. Me flipó un poco. No sabía si iba colocada de algo o no. En la habitación, nos pusimos al asunto de una manera que ahora me parece prosaica. Utilizamos la MTV como iluminación.

Fue maravilloso. Me encantó. Era muy hermosa. Mucho. Si no lo hubiese sido, supongo que ni siquiera estaría escribiendo esto. No todos los días tenía uno la oportunidad de hacérselo sin prisas con la Virgen María cuando tenía dieciséis años. Poseía una estupenda espalda angulosa. Yo tenía vello en la mía. Yo no podía contener una risilla tonta. De hecho, hubo momentos en los que me reí en voz alta. A ella le molestó un poco. Pero yo no podía parar. Me sentía muy bien. Cuando me siento así de bien, me río.

Creyó que me reía de ella. Además, estaba nervioso. Hacía cinco años (sí, ya lo sabemos). Nos revolcamos y básicamente nos mantuvimos ocupados hasta el amanecer. La recuerdo encima de mí en un momento dado. El largo y tupido pelo castaño cayéndole hacia delante mientras me daba caña. El pelo formaba una penumbra que parecía el interior de la capucha de la Parca, como algo salido de una de esas películas de terror en las que desde la oscuridad se ve el leve destello de dos pequeñas cuentas rojas.

No pude por menos de recordar que me había contado cómo estuvo en Nueva Orleans durante el Mardi Gras y la impresionaron los bailes y la atmósfera general de la fiesta. Me imaginé adeptos al vudú en plan chungo embadurnados en sangre de gallina. Solo que eso era Dublín. Ahora estábamos muy lejos de Louisiana, y el amanecer llamaba suavemente a la ventana. Empecé a prepararme para nuestra separación. Pedimos el desayuno y me duché después de ella.

Cuando salí del cuarto de baño, estaba asomada a la ventana, haciendo fotos con su camarita de usar y tirar. Sin duda volveríamos a vernos pronto.

Dios sabe de qué más se apropió mientras yo me quitaba el albornoz y me vestía. Pero tuvo toda la oportunidad que necesitaba. El caso es que de camino al ascensor iba delante de mí. Se volvió, mirándome con aquellos enormes faros verdes, y dijo:

—Tengo una pinta que da asco.

—No se te ve tan mal.

Intentaba no hacerle ver lo preciosa que estaba.

—¿Tan mal? —bromeó, a todas luces molesta.

Me estremecí. Hizo una llamada de teléfono desde la recepción. También había llamado la noche anterior. Para avisar a sus padres de que no iría a casa. Tomamos café y me fui en taxi a la estación de Heuston. Y eso fue todo, básicamente.

Las segundas navidades después de morir mi padre, las pasé en casa. Nos fue bien, a mi madre y a mí. A mi padre siempre le habían encantado las navidades, así que en esa época del año la silla vacía destacaba más que nunca. Pero yo estaba optimista. Bueno, en realidad no, estaba colocado. Tenía una preciosa novia irlandesa y mi casa estaba en trámites de venderse, lo que suponía que la idea de Saint Lacroix como lugar de residencia estaba cada vez más cerca de quedar atrás. Fui una influencia alegre en casa esas navidades. Mi hermano vino de visita. Asistí a las reuniones de AA. Aisling fue incluso a verme a Deelford, y tomamos café en una cafetería nueva. Un banco reconvertido. Cuánto había cambiado Irlanda. Todo me parecía bien.

En retrospectiva, creo que ella quería invitarme a una fiesta de Nochevieja que celebraba todos los años una amistad suya en Dublín. Había ido a Deelford a visitar a su padre adoptivo y se había escapado un rato para verme. Faltaban dos días para Nochevieja.

Igual quería haber hecho en Nochevieja lo que acabó haciéndome en el bar Cat and Mouse de Nueva York tres meses después. No tengo ningún indicio de que fuera así, salvo mi intuición/paranoia, célebremente imprecisa. La noche que nos vimos en Dublín había mencionado que un amigo suyo venía de visita de Nueva York para pasar las navidades y lo había dejado en un bar en alguna parte. Cuando nos encontramos y nos besamos aquella noche, ella olía mucho a alcohol, así que debía de haberse tomado unas cuantas copas con él antes de quedar conmigo. Yo, claro, objeté que no había que dejarlo solo, que debíamos invitarle a acompañarnos.

Sus largas manos descartaron la sugerencia con un gesto.

—Es muy borde, no te caería bien.

Creo que lo conocí el mes de marzo siguiente, en el Cat and Mouse. Allá en el Bank Bistro, me parece que haber quedado con unos amigos en Londres para celebrar la Nochebuena pospuso unos meses el suplicio por el que iba a pasar mi alma. Para Año Nuevo reservé una habitación en el hotel Constance con la esperanza de que repitiéramos la noche de sexo de la semana anterior. Y pensé que sería una bonita sorpresa para ella, pues había trabajado allí de azafata.

La llamé desde Londres el día de Año Nuevo después de una decepcionante noche de farra con mis amigos de AA. Contestó su madre. Era muy amable y me preguntó quién debía decirle que había llamado. Esperando que Aisling me hubiera mencionado, se lo dije.

—Perdón, ¿quién?

El pecho se me caramelizó.

Y cuando la chica de mis sueños por fin cogió con torpeza el teléfono y, aún medio dormida, contestó, alcancé a oír la decepción en su voz ronca. Luego los noes empezaron a brotar del auricular en fila india. No, tenía que pasar tiempo con sus padres. No, bastante poco los veía tal como estaban las cosas. No, quizá cuando estuviéramos los dos otra vez en Nueva York. No. No. No.

No le conté que había reservado el hotel. Me fue fácil, teniendo en cuenta que se me da bastante bien disimular la decepción. En el hotel Constance la tarifa de cancelación es del cien por cien. Por si alguna vez os lo planteáis, más vale que sepáis que no se devuelve el dinero.

Mi hermana lo expresó de maravilla: «Es como una paja carísima».

También tiene un dominio envidiable del idioma inglés. Y puesto que el Constance cobraba cuatrocientos euros la noche, no le faltaba razón. Hice todo lo posible por no llamar a Aisling hasta que estuve otra vez en Saint Lacroix. Lo cierto es que no tenía ningunas ganas de volver. Ahora ella era lo único que encerraba algún interés para mí. Detestaba mi maravilloso trabajo de la hostia. «Detestar» ni siquiera era la palabra más adecuada. Resultaba demasiado activa. Lo que sentía era más bien apatía. Comentaba con despreocupación a gente que tendía a irse de la lengua que no estaba contento y no tardaría en dimitir. Hasta entonces me daba miedo pensar siquiera algo así por si alguien me oía. Pero ahora quería que me despidieran.

Lo hubiera agradecido. Pero no me despidieron. Ni de lejos. Cuando volví de las vacaciones de Navidad me enviaron a Nueva York. Era evidente que ya no me importaba una mierda y que quería estar en Nueva York. Así que lo organizaron. Oficialmente, iba a ir a echar una mano durante unas cuantas semanas, pero sabía que no volvería nunca. Creo que ellos también lo sabían.

Sobre todo teniendo en cuenta que la venta de mi casa estaba fijada para el 2 de febrero. Dos meses antes, una pareja joven se había presentado ante mi puerta.

—Qué tal. Nos preguntábamos si estarías interesado en vender esta casa tan preciosa.

Tuve que hacer un esfuerzo para no abrazarlos.

La gente perfecta. Las palabras perfectas saliendo de sus bocas. Después de tanto tiempo en publicidad y tantas noches revisando hasta altas horas libros de fotografías de archivo llenos de gente como esa pareja, empezaba a pensar que yo era el único que se tiraba pedos largos y ruidosos y se la cascaba en el cuarto de baño. Ellos parecían confirmar que ya de entrada no debería haber estado en esa casa. Era como si se la estuviera cediendo a sus legítimos propietarios.

No estaba acostumbrado a las plegarias atendidas. Debían de haber pasado por delante de la casa cuando estaba el cartel de «Se vende» y esperado. Qué listos. Porque ahora que me había deshecho del agente inmobiliario, ninguna de las dos partes tenía que pagar comisión.

Huir a Nueva York ya no era solo un sueño. Iba a tomar un vuelo el domingo por la noche. Le dejé dos mensajes a Aisling, diciéndole que estaría en Nueva York el fin de semana siguiente.

Con toda intención, no le dije que iba a quedarme allí definitivamente. Sabía que había estado dándome largas.

El domingo por la noche me dejó un mensaje para decirme que le parecía gracioso, pero que ese domingo iba a estar en

Miami. Para partirse de risa. Sabía que Aisling iba a desollarme vivo, joder. Lo que nunca habría podido imaginar era lo sofisticado que sería el desuello. Así pues, el martes por la tarde, a eso de las siete, vino a verme a mi habitación del hotel Soho Grand, donde te ponen un pececito negro en la habitación y donde esa misma noche tenía intención de follármela hasta los nada desdeñables sesos.

No llegaría a ocurrir, amigos míos, no llegaría a ocurrir. Esa noche empezaron a desarrollarse los acontecimientos que aún ahora hacen que se me seque la boca. Acordamos vernos en Georgina's, un café bar en Prince Street. Llegué temprano y me senté a una mesita. Vestida con una chaqueta blanca, ella apareció con aspecto cansado. Gracias a Dios, no estaba demasiado preciosa.

Por cierto, soy consciente de que hasta ahora parezco un novio despechado que intenta dar a su intento de venganza (es decir, toda esta historia) la forma de un artefacto literario por el que, supuestamente, vosotros (los lectores) debéis dejaros embaucar. Es posible. Pero creo que estaréis de acuerdo conmigo en que las travesuras de Aisling son dignas de relatarse bajo cualquier pretexto. Llamadlo una advertencia a mis hermanos románticos. Llamadlo desvaríos paranoicos. Llamadlo como queráis. Llamadlo terapia para mí (y vosotros sois unos chismosos).

Claro que, si ella se reconoce en estas páginas, a mí ya me va bien. Como es natural, podría salirme el tiro por la culata y hacerla famosa. No obstante, que ocurriera algo así indicaría que se habrían vendido muchos libros de estos, lo que significa que a mí tampoco me habrá ido tan mal.

¿Seguís leyendo? Bien.

De nuevo en Georgina's, dije algo acerca de lo agradable que era el bar. Viniendo de Saint Lacroix, lo decía de corazón. Comenté algo acerca de que había visto fotos del local en alguna parte y le pregunté si era famoso. Nunca olvidaré la expresión fría de su rostro cuando dijo:

—Después de esta noche, lo recordarás.

La observé para ver si se refería a algo bueno. No me lo pareció. Tartamudeé un poco.

—¿Qué quieres decir? ¿Me espera una gran sorpresa esta noche? Quería que sonara ambiguo.

—Tú espera.

Fue lo único que dijo.

No era lo que había imaginado, y me asustó. ¿Tú espera? Tenía que haber alguna clase de programa. Un orden. Una estructura que ella tenía en mente acerca de cómo debía desarrollarse la velada. Tragué saliva con dificultad, como cuando uno se da cuenta de que se ha metido en algo que lo supera. Iba a ocurrir algo que no era nada bueno. Pero no estaba ocurriendo necesariamente en aquel mismo instante. Ocurriría enseguida, y ella sabía lo que era y yo no.

No podía irme aún porque no había nada a lo que reaccionar. Empezó a acribillarme a preguntas. ¿Dónde estaban las oficinas de Killallon Fitzpatrick? ¿Esquiaba? ¿Iba al gimnasio? ¿Montaba alguna a vez a caballo? ¿Jugaba al ajedrez? Respondí que no a todas esas preguntas. Tenía la sensación de estar siendo interrogado. ¿Qué coño era aquello? Me hacía sentir muy pasivo. Dijo que le encantaría jugar al ajedrez conmigo alguna vez.

Dije que creía que perder al ajedrez me resultaba doblemente humillante porque me tenía por un buen estratega a mi modo. Le brillaron los ojos. Se estaba divirtiendo. Yo, incómodo, no podía parar quieto en la silla. Se retrepó y se quedó mirando cómo me retorcía.

Parecía… relajada. No tan inocente. Más a gusto consigo misma. Totalmente al mando. Le envidié esa sensación, aunque no sabía al mando de qué estaba.

No tardaría en descubrirlo.

Miró alrededor. Se cruzó de brazos. Luego un pequeño bostezo cursi. Aburrida.

—Creo que voy a irme a casa —dijo.

No me percaté de la importancia de aquello hasta tiempo después. Pero me di cuenta de que su rechazo tenía importancia. Dejó que calara en mí.

Debí de apañármelas para plantearle una pregunta que me permitiera deducir si tenía intención de irse a casa sola. No recuerdo con exactitud lo que dijo, salvo que tuve la misma sensación que si me asesinaran. (Estoy hecho un peliculero, ¿verdad?)

Hay una secuencia en *Salvar al soldado Ryan* en la que un soldado alemán mata a un soldado americano con un cuchillo. El alemán está encima del yanqui. El estadounidense empieza a suplicarle entre susurros al alemán, diciendo algo como: «Espera, ¿no podemos hablarlo?». No le sirve de nada. El alemán sigue adelante con el cuchillo, casi como pidiendo disculpas. Su rostro contradice el acto que está cometiendo. (Por si os lo estáis preguntando, yo soy el americano.) Así que ahí estaba, siendo acuchillado, pero vendado inmediatamente después. Hasta tal punto que casi acabé disculpándome ante ella. Era un estorbo y hacía que su precioso ceño se frunciera. ¿Cómo me atrevía? El caso era que si me hubiera dicho que me fuera a tomar por el saco, me habría ido. Pero no lo hacía. Se lo estaba pasando demasiado bien.

Le llevó una hora larga decir que no quería meterse en una relación. Como si yo fuera un puto dependiente que intentara entender las necesidades de su señoría. Al menos fui capaz de hacerme una idea clara de lo que eso suponía. Y lo que suponía sobre todo (si he de ser sincero) era nada de sexo. Así pues, mi primera reacción fue: vale, a tomar por culo.

Dijo que le encantaría que la acompañara a ver exposiciones y que le encantaría enseñarme Nueva York y yo ya estaba negando con la cabeza. Caí en la cuenta de que había utilizado todos los clichés menos el más grande. Lo hice por ella.

–¿Te refieres a que quieres que seamos amigos?

No quiso reconocer nada parecido. Porque probablemente sonaba demasiado definitivo y sabía que yo me largaría. Intentó dejar la puerta abierta, diciendo:

–Quiero llegar a conocerte mejor.

Lo que suponía que quizá pudiéramos volver a enrollarnos más adelante. Mi instinto me decía que me levantara, me fuera y lo achacara todo a un mal día. Pero ella parecía querer seguir hablando del asunto, como para oír mi opinión.

Dijo:

–Pareces pensativo.

Y:

–¿Estás enfadado?

A lo que respondí:

–Ah, ¿sí? Lo siento. ¿Enfadado? No. ¿Por qué iba a estar enfadado? Soy yo el que ha venido aquí.

Era decisión mía. Noté que mi reacción la decepcionaba; quería que me pusiera furioso y me lo había tomado todo muy bien. Cualquiera diría que me estaba hablando de sus cortinas nuevas. Por lo menos, eso esperaba yo. Ahora que no estaba consiguiendo la reacción emotiva que había esperado, parecía más aburrida incluso.

Entonces, sin previo aviso, una luz me cegó. Flash. Yo no veía nada, estaba en shock. El tipo que estaba a mi lado se volvió con una sonrisa y dijo:

–Lo siento. Se me ha disparado.

Asentí automáticamente.

–Está bien. No pasa nada.

Cruzó unas miradas con Aisling. Ella sonreía. Yo también. Él también. Ni siquiera me había dado cuenta de que había una cámara en la mesa de al lado, junto a la sal y la pimienta.

Volví a mirar al tipo. Algo no iba bien. No sabía qué. El pequeño incidente parecía haberlo alegrado más de la cuenta. Y el momento había sido demasiado preciso, como si supiera que se había alcanzado el culmen emocional. No habría nada más expresivo que el semblante que yo lucía, así que había que hacer la foto en ese preciso instante. El fotógrafo involuntario y su cómplice permanecieron a nuestro lado en la otra mesa.

Aisling me preguntó si quería beber algo. Aún tenía mi Perrier. Entendí que se refería a si quería algo más fuerte. Eso me dolió mucho, teniendo en cuenta lo que ya había ocurrido. Pero no me fue difícil disimular el dolor. Lo único que quería ahora era alejarme de ella y empezar a cuidar lo que sin duda iba a ser un corazón roto. Pero algo en mi interior no se daba por vencido. Le pregunté si quería dar un paseo. Reaccionó en voz demasiado alta, con un énfasis excesivo, diciendo:

–¡No! –Y luego, en tono más moderado–: Hace un frío que pela.

No podía quitarme de la cabeza que estaba siguiendo alguna clase de estructura fijada de antemano. Había leído un cínico artículo en una revista para mujeres acerca de cómo romper corazones y disfrutarlo. Había muchas técnicas antihombres de utilidad, incluida, y parafraseo:

Averigua sus pasatiempos antes de darle puerta. Es posible que sea útil como amigo, o igual se lo puedes presentar a alguna amiga tuya. Sobre todo si es bueno en la cama. ¿Qué mejor regalo para una amiga íntima? Aprende a jugar bien al ajedrez: no hay nada más humillante para un hombre que ser derrotado intelectualmente por una mujer hermosa. Podrás causarle daño físico. Si no te hace saber cómo se siente, llámale a las tantas. Despiértalo. Seguro que le resulta difícil disimular sus sentimientos cuando está enamorado de ti y le hablas suavemente en la cama, aunque solo sea por teléfono.

Estos eran algunos consejos mencionados en el artículo. Aisling había recurrido a unos cuantos antes de que acabara la velada.

Todo esto lo pensé en retrospectiva. Entonces tenía demasiado entre manos para analizarlo. Me limité a comer lo que me ponían delante, por así decirlo. Debéis recordar que tenía muchas cosas en marcha: una nueva ciudad (Nueva York), básicamente un nuevo trabajo (Killallon Fitzpatrick NY) y nuevos encargos. Flipante. Y luego esto. Por lo que a mí se refería, me había mudado a Nueva York para estar con esa chica, y ella se estaba riendo de mí. Así lo veía yo. Eso ya habría sido suficiente, pero había un componente adicional. La sensación desconcertante de que existía un plan. Un plan oculto. Al volver la vista atrás, me parece aún más aterrador. Por entonces, creo que me protegió la conmoción, o me atrevería a decir que Dios.

Lo siento, pero voy a tener que hablar aquí un poco de una deidad. Durante un mes o más recé todos los días para poder largarme de Saint Lacroix. Mis plegarias fueron atendidas. Cuando vuelvo la vista sobre todo ese experimento de tortura psicológica (porque eso es lo que era), me pregunto si, de haber descubierto antes lo que estaba ocurriendo, lo habría usado como una excusa para beber (a los alcohólicos nos encantan esas excusas) o le habría asestado un puñetazo inútil a alguien o habría salido de una bruma roja con su cuerpo lánguido agarrado por el cuello con lo que poco a poco iría descubriendo que eran mis propias manos. La ira que sentí después, cuando me di cuenta de lo que había pasado, resultaba casi visible a mi alrededor.

Como siempre, tengo teorías al respecto.

Puesto que la conocí en el estudio de Brian Tomkinsin, pensé que podía ser una encerrona. Tomkinsin hacía una cantidad enorme de trabajos para Killallon Fitzpatrick, y, por lo tanto, también favores.

Hacía alguna que otra foto gratis aquí y allá cuando se lo pedían porque sabía que le convenía estar a bien con una de las mejores agencias de publicidad del mundo. Era una práctica habitual.

Una teoría de la conspiración es que a los de Killallon Fitzpatrick no les gustó la idea de que alguien en quien tanto habían invertido se marchara a Nueva York, de modo que contribuyeron a fastidiarme la vida presentándome a una joven de Irlanda que quería avanzar en su carrera.

Consiguió un trabajo con Peter Freeman muy poco después de hacer que me lo pasara tan bien en Nueva York. Solo hablo por hablar. Sé que es descabellado, incluso para mí, pero había decidido que Killallon Fitzpatrick era un sitio raro de cojones.

La otra teoría podría coexistir con la anterior, o ir por cuenta propia, si lo preferís. La teoría número dos apoya la vía del libro artístico de gran formato. En esta versión tiene dos amigos de Princeton que estudian edición. Ya han negociado un contrato de publicación y aprobado un concepto de libro de fotografía de alta calidad con ensayos fotográficos al estilo de esas fotonovelas en plan *Amor verdadero* que eran más típicas de la década de 1970. En este caso, cada romance mostraría a una chica con distintos tíos. Los ensayos fotográficos seguirían la progresión desde el principio mismo hasta el final. En la teoría número dos, yo soy uno de esos tíos.

La teoría número tres es que las teorías uno y dos son gilipolleces y la vida es puro azar y por lo tanto nada de lo que ocurre tiene sentido ni estructura; sencillamente ocurre o no ocurre.

Como dijo el tipo que ceceaba al oír lo que le ocurrió al *Titanic*: «Inconcebible».

Así que ahí lo tenéis. Yo apuesto mi dinero dividiéndolo cuidadosamente sobre el área de las teorías uno y dos, con la mayor parte sobre la número dos. Que lo sepáis.

Si analizamos la teoría número dos, Aisling había cubierto las primeras etapas de nuestro «amor verdadero» e incluso el principio de su fin. Pero no tenía nada decente. Solo fotos con la cara redonda como una luna de un hombre enamorado a más no poder. Nada de ira, ni lágrimas, ni angustia. ¿Qué es un romance sin ira, lágrimas y sufrimiento? El libro no puede titularse *Amistad verdadera*, ¿a que no? Pues claro que no. No si tienes un contrato de edición, lo que supone una fecha de entrega y dinero gastado de un presupuesto determinado, que se te ha asignado para ayudarte a «reunir material».

Y no si has invertido ya una cantidad considerable de tiempo y energía en el asunto. Oh, no. Otro flash a la salida de Georgina's cuando levantaba las manos (vueltas hacia arriba) en lo que, según me pareció, podía interpretarse erróneamente como un gesto de súplica, y pasó esa página en concreto de su libro de próxima aparición.

Al día siguiente, después de prometerle que la llamaría, hice todo lo que pude por resistir la tentación de dejarle quince mensajes de súplica en el contestador. Al final, le dejé un mensaje en el que le decía que no podía verla esa noche, que había surgido un asunto de trabajo y que «ya nos veríamos». Me temblaban las manos. Me costó todo lo que tenía, que no era mucho, hacer esa llamada. Mi intención era no volver a verla. Nunca más. Iba a usar el mismo método que me habían enseñado para dejar la bebida. Ceñirse a lo más pequeño. Afrontar una hora cada vez. Un minuto. Dios, era una tortura. El ego me decía que le estaba haciendo daño innecesariamente no llamándola. Que yo le estaba haciendo daño a ella. Que tenía que hacerse de rogar. Que era lo que las chicas se veían obligadas a hacer.

En cualquier caso, de algún modo logré superar otro día, y esa noche, hacia las once y media, me llamó al hotel. Estaba dormido. Había estado nevando y había intentado quedar con Telma, pero no estaba por allí esa noche.

Cuando sonó el teléfono, me desperté, y ¿con quién hablaba? El motivo de mi peor pesadilla. Me engatusó para que hablara de cosas que me había jurado no decirle nunca. Me estremezco solo de pensarlo. Todas esas chorradas ingenuas acerca de Tom Bannister y mi padre, y que era Ella, la única, y cómo había amenazado con dejar mi empleo si no me enviaban a Nueva York y... ay, Dios. Estaba medio dormido y no sabía lo que me decía. Ella me alentó, claro, consolándome con comentarios como «No lo sabía» y «Deberías habérmelo dicho» o «Eso es distinto». A partir de esas expresiones apenas audibles deduje que había esperanza.

Eso es lo otro que recuerdo acerca de nuestras conversaciones por teléfono. No podía oírla nunca, coño. Me avergonzaba pedirle que repitiera lo que había dicho. Se lo conté todo y al final le aseguré:

—No pienso ir a ninguna parte bajo la etiqueta de amigo.

Colgué, orgulloso de haber conseguido por lo menos hablar el último. Hasta ese punto me había vuelto patético. Ella terminó la relación y yo terminé una llamada de teléfono. No exactamente 1 a 1 en el marcador, pero tendría que conformarme.

Hasta dos días después.

No pude aguantar. La llamé y dejé un mensaje, diciendo algo acerca de que había reflexionado sobre lo que me había dicho y quería quedar con ella para comer. A mi modo de ver, comer no era tan comprometido como cenar. Me dejó un mensaje como respuesta, diciéndome que podíamos quedar para cenar esa noche, domingo, «si estás con ánimos». Eso me dejó hecho polvo, joder. Ponía de manifiesto que ella era consciente del efecto que me causaba.

El efecto que me causaba exactamente.

No pude evitarlo. Tenía que meterme mi dosis. La llamé y acordamos vernos en un restaurante francés que no estaba lejos de su trabajo. Ella estaba preparando la inauguración de una exposición para el miércoles siguiente. Estaba trabajando mucho. Supongo que yo debería haberlo tenido en cuenta. Intentaba verlo desde su perspectiva: un tipo se presenta en Nueva York esperando que ella lo deje todo por él solo porque a él le convenía largarse de Saint Lacroix. Un tipo con el que no estaba entusiasmada, ya para empezar. Ahora él se ponía en plan dolido porque no quería acostarse con él. Yo era capaz de ver eso.

El problema, sin embargo, era que se estaban haciendo un montón de fotografías. A mitad de nuestra conversación en el encantador restaurante francés de Lafayette, saltó otro flash de cámara. Esta vez desde una mesa de cuatro personas en el otro extremo de la sala. Rieron e incluso saludaron con la mano. No estaba seguro de si la luz estaba orientada hacia mí o si solo se habían hecho una foto a sí mismos. Pero en retrospectiva (¿dónde estaríamos sin la retrospectiva?), encajaba con el patrón. La gente de la otra mesa llevaba bolsos. ¿Y qué? Bolsos que eran para llevar equipo, no ropa. (Vale, estoy llevando esto un poco demasiado lejos, incluso para ser yo.)

Ese domingo por la noche se hizo sin lugar a dudas otra foto. Incluso bromeé al respecto. Le estaba contando cómo mi antiguo socio y yo salimos en la tele en Londres por un anuncio escandaloso que habíamos hecho. Intentaba impresionarla. Hacerle saber que estaba dándole la patada a un puto genio de los medios de comunicación. Y acabé contándole lo mucho que me desagradaba mi antiguo socio creativo, diciéndole:

–Tendrías que intentar putearle a él, no a mí. Se lo merece. No es una buena persona. Tus amigos y tú deberíais probar con él.

Asentí en dirección a la otra mesa.

Ahora, tendréis que perdonarme porque mi memoria me dice que respondió con una mirada elocuente.

–Así que lo sabes.

Y mi memoria me dice también que yo contesté:

–Claro que lo sé.

–¿Por qué lo estás haciendo?

–Porque me resulta interesante –dije.

Eso podría haber querido decir cualquier cosa, claro, pero sé lo que pensé que quería decir. Y pido disculpas porque no puedo estar totalmente seguro de que este cruce verbal sucediese siquiera. No obstante, le mencioné a mi exsocio e incluso le dije dónde trabajaba por si quería putearle. (Por cierto, me enteré de que había venido recientemente a Nueva York para una boda y que luego había venido a trabajar aquí. No digo más.) En cualquier caso, pagué la cena y le expliqué que tenía una cuenta de gastos y que estaba ganando más dinero solo por estar en Nueva York porque tenía pagadas las facturas del hotel y hasta la última migaja de comida. Me pareció que le daba envidia.

El dinero era lo único en lo que mostraba emoción. Sus preciosos ojos se dilataban cuando salía a colación el asunto. ¿Y qué? No se lo puedo reprochar. A las mujeres les gusta tanto el dinero porque los hombres les ponemos difícil que lleguen a conseguirlo. Para obtenerlo tienen que masajearnos a nosotros y a nuestros egos. Si no, ni siquiera se molestarían con nosotros. Excepto quizá para echar algún que otro polvo. Lo cual no es muy diferente de como las tratamos nosotros.

Nos fuimos del establecimiento. Como no quería arriesgarme a que me rechazara, ni siquiera intenté besarla en la mejilla. No quería que el asunto de la amistad pasara a ser oficial. Por lo menos así aún quedaba esperanza de acabar en la cama. Así que me quedé a un par de metros de ella (claro que ella no estaba exactamente intentando reducir distancias), diciendo cosas como «Ya te llamaré» y «Nos vemos».

Me preparé para la desgarradora caminata de regreso al hotel.

—¿Vas a venir el miércoles?

Di un salto de alegría en secreto.

—Ah, sí, se me olvidaba, tu exposición. ¿Cuál es la dirección?

Al tiempo que me despedía con la mano, me fui a largas zancadas en dirección al Soho Grand, como si tuviera un millón de cosas que hacer.

Mientras tanto, estaba trabajando en una de las agencias de publicidad más famosas del mundo al cargo de dos de sus cuentas más difíciles, las cámaras Harris y la revista *Minted*. Milagrosamente, me estaba yendo bien. El jefe parecía feliz. No me lo podía creer, porque estaba trabajando solo a medio gas.

Cuando llegó la gran noche de la exposición de Aisling, estaba muy nervioso. Iba a conocer a sus amigos. En mi imaginación sigo siendo su novio. Solo estamos pasando por un bache. Bueno, no estaba muy confiado al respecto. Tenía la desagradable sensación de que iba a descubrir algo que no me haría gracia. Cuando llegué, la velada ya estaba en marcha. Me abrí paso por entre la impresionante concurrencia de gente guapa con aire de encontrarse a gusto. Gente que parecía acostumbrada a que los quisieran (es raro decirlo, pero ese aspecto tenían: de estar solicitados). Así pues, intenté encontrarla, pero al principio no pude. Pero vi el inmenso collage fotográfico en la pared del fondo del bar.

No era más que eso.

Un bar grande con un gran mural al fondo. Una composición abstracta hecha a base de cientos de fotos en blanco y negro de trabajadores del metro y personas que iban o volvían del trabajo. A mí me recordó a los fotógrafos de las décadas de 1920 y 1930. Un John Heartfield o un Many Ray ruso, visualmente ingenioso en tanto que daba al momento presente un aspecto retro.

Me chocó que me gustara tanto, y me cabreó. Supuse que ella tenía más talento de lo que me había temido. No solo me había robado el corazón, sino que ahora me había robado la vida que me habría encantado llevar si hubiera tenido la valentía de no dedicarme a la publicidad.

No creo que me afectara conscientemente en aquel momento, pero me sentí incómodo. No, sentí envidia. Y para más inri, cuando por fin la encontré, llevaba un lirio grande de la hostia que le había dado alguien (un tipo, sin duda) y una pinta de Guinness que te cagas. Una. Pinta. De. Guinness. Llevaba unos cuatro años sin ver una de esas, y mucho menos en la mano de una chica a la que amaba. Algo se resquebrajó bajo mis pies.

Asentí con amabilidad cuando me presentó a su amiga, la chica más alta e imponente que había visto nunca. Debía de medir cerca de dos metros. Parecía capaz de cogerme en volandas y tirarme por la ventana. Había venido de Los Ángeles expresamente para ver a su amiga Aisling. Dije que eso sí que era lealtad. Me exasperó su comentario de que lo había hecho porque Aisling sería rica algún día. Recuerdo que me pareció curioso.

Así que me quedé atrapado hablando directamente con el estómago de esa chica sobre chorradas mientras los dos amores de mi vida —la Guinness y Ella en Persona— se paseaban por el bar y daban piquitos en la mejilla a todo el mundo. Había venido hasta su jefe. Resultó que Peter Freeman era un ser de aspecto entrecano y demacrado con jersey. Parecía mucho más viejo de lo que había imaginado. Cincuenta y pocos. Recuerdo que sentí alivio y pensé: «Bueno, al menos de él no tengo que preocuparme».

Invité a la chica alta a un Baileys y, por sugerencia mía, nos sentamos a una mesita porque me sentía ridículo hablándole a sus fosas nasales mientras fingía estar interesado en su vida en Los Ángeles. Lo único que quería de ella era información sobre su amiga, mi amante, la prometedora fotógrafa. No le saqué nada, claro. Estuvimos un rato sentados y de pronto noté una rociada de Baileys sobre la cara y el pecho. La miré, incrédulo. Tenía en la mano una pajita de plástico. La había sacudido en dirección a mí. Mientras la oía disculparse, me di cuenta de que se me había quedado una gotita en el labio inferior. Sonriendo, me limpié con cuidado el pecho y la boca. Era muy consciente de que solo con que me lamiese los labios podía ocurrir cualquier cosa. De hecho, había acordado verme con mi amigo Adam de Alcohólicos Anónimos después si las cosas se ponían feas. Decidí que aquello se había puesto feo. Estaba bien contar con alguien real a quien ir a ver en lugar de largarme renqueando con alguna excusa inventada. Permanecí sentado un rato más, y después de pedirle otro Baileys (siempre un caballero), le rogué que se disculpara ante Aisling en mi nombre porque había quedado para cenar.

Qué día tan feliz. Me largué de allí. La chica alta se disculpó más de la cuenta e intentó cogerme del brazo mientras insistía en que volviera a sentarme. No pensaba quedarme solo para que pudieran pasar de mí con más descaro. Y una mierda, me dije, y salí al aire de marzo, que me dio la bienvenida. Estupendo. En cuestión de quince minutos Adam y yo estábamos hablando azotados por un viento y una lluvia ferozmente intensos en el puente de Williamsburg. Me vino bien. Y me parece que a él también. No hacía más que recordar una y otra vez el momento del Baileys. ¿Cómo coño podía haber sido un accidente? Durante más de quince años me había bebido todo lo que se me había puesto por delante, y nunca me había salpicado así. Al menos no por accidente. Era demasiado monstruoso sugerir que lo había hecho a propósito. Demasiado paranoico. Así que lo olvidé, más o menos.

No llamé a Aisling al día siguiente. Estaba convencido de que ahora le tenía la medida tomada a ella y su pandilla. Había conocido a uno o dos amigos suyos (aparte de la tía colosal) y creía justificado tacharlos de irlandeses ricos y aburridos. Los únicos para quienes la humillación de un paleto aún podía tener algún interés.

Pero al día siguiente me vine abajo, llamé y le dejé un mensaje en el que le decía lo mucho que me había gustado conocer a sus amigos y que sería estupendo quedar para comer con ella algún día (vaya puto idiota estaba hecho). Ella, claro, me dejó otro mensaje diciéndome que sí, que para ella también había sido maravilloso verme y que le encantaría comer conmigo o algo, etcétera.

Acabamos quedando para comer en el Café Drill, a la vuelta de la esquina de donde ella vivía. Yo llegué temprano, naturalmente, y ella apareció unos tres cuartos de hora más tarde. Vivía a la vuelta de la puta esquina. Incluso me lo hizo notar. Yo me encogí de hombros para quitarle importancia: don Tolerante, don Comprensivo. Pasamos a las típicas bromas, sin decir nada en realidad de viva voz, un montón de chorradas sobre la publicidad. Entonces, sin que viniera a cuento, se disculpó por un comentario más bien brusco que había hecho la última noche. Había surtido el efecto de una bofetada.

—Si te hubieras salido con la tuya habrías atraído a los putos medios aquí.

Se refería a mis intentos de impresionarla con lo que me pareció una buena manera de «lanzar» su inauguración. Quería que asistieran al acto fotógrafos de distintas «mecas» de los medios como *Vogue*, *Elle* y *Vanity Fair*. Incluso llegué a sugerir que tuviera buen cuidado de que su fotografía estuviera colgada bien grande en la pared para que en cualquier imagen tomada en la inauguración destacara su trabajo al fondo. También me recuerdo diciéndole que sería estupendo si se montaba una pelea delante de su fotografía. Porque si se montaba una pelea y «casualmente» ella tenía una cámara preparada y «casualmente» hacía una buena foto de la pelea, entonces esa otra foto podría convertirse en una de sus obras. Además, como mercenario de los medios, yo sabía que al editor de cualquier revista le costaría trabajo rechazar una imagen así. Tienen espacio que llenar en las páginas, como todos los demás.

Fue irónico que yo mismo le diera la idea. El caso era, claro está, que daría mejor resultado si se podía involucrar a alguien conocido en la pelea.

Pero otra vez me estoy adelantando. No me dejéis hacerlo. Así pues, allí estaba ella, disculpándose por su comentario, achacándolo a que había estado nerviosa por la inauguración.

Lo dejé correr. Claro que lo dejé correr. Luego dije algo que lamento.

—Puedes pagar tú esto. Has querido hacerlo desde que te conocí, conque no te partirá el corazón.

Lo que hizo fue lo siguiente.

Estaba hurgando en la cartera, probablemente esperando que le dijera que la guardara, pero al oír las palabras «partirá» y «corazón», se quedó petrificada. Levantó los ojos (ay, esos ojos) de la cartera como si fuera a posarlos en los míos, pero se detuvieron de un modo poco natural. Ahora parecía mirar fijamente al suelo. Yo sabía que ella sabía que la estaba mirando. Dejó reposar la mirada allí unos compases, y luego, como si se fijara en algo encima de la mesa, la levantó hasta allí, parpadeando lentamente, y con el cuerpo y la cabeza inmóviles desvió la vista hacia arriba de soslayo para mirar por encima de mi hombro izquierdo hasta que por fin acometió con sus ojos un último ascenso en diagonal por mi mejilla para clavarlos en las cuencas de los míos.

–Me. Parece. Que. No.

Eso dijo. Como si supiera que podía acabar conmigo en aquel mismo instante, pero que no era el momento adecuado. Fue esa disciplina la que me asustó. Quería decir que estaba haciendo lo que hacía, fuera lo que fuese, por motivos profesionales. No habría nada de pasión. Y, por lo tanto, no la había habido antes. Lo del Shelbourne no había sido más que un acto necesario, parte de una fórmula predeterminada y probada. Incluida la parte en la que me dio unos toques en el hombro mientras hacíamos el amor y adoptó la pose de una chica traviesa de dieciséis años, con la sonrisa coqueta y un gesto de cabeza señalando su propio cuerpo para asegurarse de que me quedara con la instantánea mental deseada. Nadie puede decir que Aisling no entendiera la naturaleza de la fotografía. El dominio de sí misma que demostró durante esa comida me permitió ver lo profundamente sofisticada que era, y me hizo desearla aún más.

A decir verdad, tenía la sospecha de que me estaban llevando al huerto, pero quería que me llevaran a alguna parte…, donde fuera. Después de todo, si era lo que ella quería y se lo podía dar, ¿por qué no iba a hacerlo? Estaba enamorado de ella, ¿no? Además, estaba cautivado. Había pasado dos años viendo películas en Saint Lacroix (pelis francesas) y no me había cruzado con nada tan interesante como esto. Y siempre cabía la remota posibilidad de pillar cacho otra vez. Pero, en realidad, yo era el pez y ella el pescador. Solo era cuestión de qué quería Aisling que hiciera a continuación.

Lo que quiso que hiciera a continuación fue acompañarla a una exposición en la galería Stent de Broadway. Eso hicimos. Aquí solo merece la pena mencionar una cosa. Cuando llegamos a uno de los cruces, he olvidado cuál, se volvió como para impedir que me atropellara un coche y me dio un golpe muy fuerte en el pecho. Quiero decir un golpe fuerte de la hostia.

Por un instante me quedé sin respiración. Estaba aturdido, ya había perdido más de seis kilos por efecto del shock. Leí en alguna parte que cuando uno sufre un shock emocional el área en torno al corazón pierde parte de la grasa protectora y por lo tanto queda peligrosamente expuesta. Un puñetazo bien dirigido no es solo doloroso; cuando la persona que ha sufrido un shock empieza a recuperar el peso perdido, el corazón sigue magullado, lo que puede desembocar en fibrilación aórtica. No pone en peligro la vida, pero es desagradable.

Me dolió, pero fingí que no.

La siguiente escala en mi propia travesía personal de descubrimiento fue el Chess Café. Sí, en Nueva York hay un sitio donde se juega al ajedrez. En el SoHo. Fue horrible. Paseábamos por una zona donde están las propiedades inmobiliarias más románticas del mundo entero y para el caso era como si estuviera en el infierno. Me encontraba al lado de la chica de mis sueños, que también era la causa de los peores sufrimientos que había padecido. En el Chess Café se pagaba un dólar para alquilar una mesa y se podía jugar al ajedrez tanto rato como uno quisiera. Servían café y, fieles a una neutralidad propia de los ajedrecistas, era uno de los pocos sitios que quedaban donde no solo se permitía fumar, sino que se instaba activamente a hacerlo. Los ceños fruncidos se veían mejor entre nubes de humo de tabaco.

Me ganó fácilmente, y me vi retorciéndome en mi silla rechinante tal como había hecho en Georgina's. Ella estaba retrepada, como frotándose las manos mentalmente, igual que había hecho en Georgina's. Derribé mi propio rey en la segunda partida. Ella levantó la vista dolida y defraudada. Dolida porque estaba acabando con su diversión antes de tiempo. Defraudada porque probablemente me tenía preparada una muerte lenta y prolongada y ahora yo mismo me había matado y la había privado de ese placer. Además, debía de haberle dejado ver cómo jugaba el juego de la vida: sería capaz de autodestruirme antes que prolongar el dolor. Protestó demasiado. Como si tuviera importancia. Como si le hubiera tocado una fibra sensible.

—Acaba la partida —gritó.

Dije algo acerca de que no quería prolongar la agonía y la felicité por lo buena que era jugando al ajedrez.

—¿Por qué? ¿Porque te he ganado?

A estas alturas yo casi iba cojeando. Estaba mental y emocionalmente hecho jirones. Un golpe más y me habría echado a llorar. A berrear en la calle. Solo un comentario más y las finísimas grietas de detrás de mis ojos empezarían primero a lanzar lágrimas a chorros y luego a borbotones y al final una inundación convertiría en canales las estrechas calles del SoHo.

Había quedado con mi buen amigo y mentor Dean a las seis y media, y así se lo dije. Nunca estuve tan agradecido y al mismo tiempo tan desconsolado por separarme de ella como aquella tarde. Ni siquiera tuve el valor de darle un beso en la mejilla. Temía que el último rechazo me llevara al límite. Me largué otra vez dando fuertes pisotones, lleno de ira, confusión, miedo, amor y alivio. Habíamos hablado de ver una película durante esa semana.

Estaba harto de hablar de ella. Pero tenía que contarle a alguien toda la historia. No solo retazos sueltos, sino todo de principio a fin, en parte porque no sabía si yo mismo me la creía. Pensaba que si la escribía podría distanciarme de todo el asunto por fin. Lo habría superado. Y quizá serviría como advertencia para otros.

La semana siguiente estuve ocupado con el trabajo e incluso me las apañé para decirle a Aisling que no podía ir al cine con ella el miércoles por la noche porque me estaba «tirando la caña» otra agencia. Solo era verdad en una tercera parte. Un tipo de otra agencia, un redactor, quería quedar conmigo para charlar, y sí, estaban contratando a gente, pero no era un sitio conocido por su excelente trabajo.

Aisling y yo acordamos vernos el viernes por la noche para «tomar algo» en un bar. No sabía que iba a ser la última vez que la vería. Solo pensaba que iba a ver a la chica que amaba, solo una entre los millones de veces que la vería durante el transcurso del resto de nuestras vidas. El amor era paciente, amable y poco exigente. Buena parte de lo que voy a describir no se me pasó por la cabeza en aquellos momentos, sino después, cuando me sentía más tranquilo y con más objetividad. Puedo decir sin miedo a equivocarme que, por entonces, vivía día a día en una especie de leve estado de shock.

Eso sin lugar a dudas.

Llegué temprano. Me había dicho entre ocho y media y nueve, así que llegué hacia las ocho y cuarto. Fui el primero. Unos minutos después entraron en el bar su amiga Sharon (irlandesa) y un tipo (vamos a llamarlo Camiseta Brasileña porque de hecho llevaba una camiseta de fútbol brasileña de color amarillo).

Sharon estuvo charlando un rato, y cuando comenté que yo era amigo de Aisling, Camiseta Brasileña dijo:

–Ah, ¿otro?

De inmediato me sentí extraño, y él se mostró abiertamente antipático. Antipático simplemente por serlo. Así pues, la situación se prolongó un rato, yo sin decir gran cosa y él intentando ser borde con alguien que le daba la razón.

Entonces apareció ella. Estaba estupenda. Creo que se había tomado unas copas. Tal vez también algo más, a juzgar por cómo le chispeaban los ojos. Igual no era más que la ilusión. Todos pa-

127

recían tener los sentidos aguzados. Si mi teoría es correcta, estaba disfrutando de la emoción previa al crimen. O tal vez simplemente esperaban correrse una buena juerga. Aisling apenas me miró, casi ni me saludó.

Una vez más me sentí muy dolido, pero seguí funcionando con el piloto automático. Me dije que lo mejor era sonreír amablemente y no dejarles ver cómo me sentía. Si me hubiera ido en ese preciso momento, habría pasado una velada mucho más agradable y no estaría aquí sentado escribiendo esto. Pero tenía curiosidad por ver si acababa echando un polvo. Sabía que ella había estado emborrachándose a base de bien y, después de todo, yo no tenía nada mejor que hacer.

Mis opciones eran ser torturado por una chica preciosa que parecía la Virgen María con al menos la lejana posibilidad de pillar cacho o ir a otra reunión de AA.

De hecho, eso no es justo, porque a la reunión de AA en el SoHo de Nueva York asistían algunas de las mujeres más sexys que había visto en mi vida. Pero ahí estaba, dejando que pasara de mí la única chica del mundo que me importaba algo y recibiendo mucha más atención de la que deseaba por parte de Camiseta Brasileña. Después de la que debía de ser mi tercera pinta de Coca-Cola con hielo, empecé a aburrirme mucho. Entonces empecé a sentirme adormilado. «Atontado» sería más preciso. Como si notara dolor, pero también algo más en primer plano.

Camiseta Brasileña estaba muy cerca de ella. Demasiado cerca. Lo bastante cerca para estar besándola. No la estaba besando, pero no me habría parecido raro que así fuera. En un momento dado estaba entre sus piernas, inclinado sobre Aisling mientras ella se retrepaba en la barra desde el taburete.

Era irreal, ella mirándome por encima de su hombro como para decir: «Fíjate en lo que estoy haciendo. Fíjate en lo que está haciendo. ¿No te cabrea?». Me cabreaba. También me hacía sentir idiota. Pero eso quedaba abierto a la interpretación. Igual él estaba probando suerte. Era atractiva, después de todo, o ella podía estar ejerciendo su derecho de chica joven a flirtear un viernes por la noche en un bar en el centro de Nueva York. Claro. Pero lo que ocurrió entonces llevó la situación a un nivel totalmente distinto.

Ocurrió lo siguiente. Imaginad que estáis en un bar; el mostrador queda a la derecha, con un espejo enorme detrás. La chica que quieres está a tu derecha entre la barra y tú. El tipo que odias, el de la camiseta brasileña, está de espaldas a ti y habla con otra amiga de Ella. La chica que quieres hace un gesto con sus manos que solo puede querer decir una cosa. Sostiene ambas manos delante de sí como describiendo la longitud de un pececito. ¿Un pececito? Ríe disimuladamente y te mira mientras lo hace. En realidad no eres consciente de a qué se refiere. La miras con gesto desenfadado. Agradeces que se digne fijarse en ti. Vuelve a mirarte de soslayo y, mientras hace ese gesto para que lo vea Camiseta Brasileña, se mira las manos. Y luego te mira a ti. Y entonces él sonríe satisfecho, avergonzado por ti.

Casi compadeciéndose.

Ella se inclina hacia delante y le susurra algo. La sonrisa de él se hace más amplia. Ahora ella está radiante. Parece más feliz de lo que nunca la habías visto. Es preciosa, pero no quiere que la mires así. Ahora ve lo enamorado que estás. Se inclina otra vez hacia delante y él se encorva para acercarle la oreja. Ella podría estar besándole un lado de la cabeza. Vuelve a hacer con las manos lo del «pececito». Esta vez es más pequeño aún. Ella te mira de arriba abajo. Él también. Se ríen juntos. Para no quedar excluido del todo, tú también te ríes.

Qué violento. Entonces él dice a voz en grito, como si hablara con la otra chica:

–Yo le diría que está muerto y enterrado y que hay cuatro tíos más enterrados encima. ¿Cuántos?

Luego se vuelve hacia ella para comprobarlo. Ella está contando con los dedos. Sobreactúa, apoya intencionadamente un dedo en los labios, finge pensar antes de contar otro dedo. Él continúa:

–Estoy enterrado encima de ese. Me gustaría estar enterrado encima de él…, o enterrado en ti.

Ella replica:

–No, yo estaría encima.

Eso lo remata. La está mirando como si estuvieran a punto de hacérselo ahí mismo. Ya os podéis hacer una idea. Lo único positivo a lo que te puedes agarrar es que no han montado todo el numerito justo delante de tus narices, lo que te permite fingir que no lo entiendes. Así pues, te acercas con la mayor dignidad posible a la otra chica e inicias una conversación educada. Necesitas tiempo. Estás aturdido. Si lo que crees que está ocurriendo está ocurriendo de verdad, más vale que te largues cagando leches, porque es un asunto perverso de veras.

Pero no puedes estar seguro. Al menos no tan pronto. ¿Y si te equivocas y te marchas precipitadamente? Sería la segunda vez que lo haces. Son sus amigos. ¿Qué pensarán de ti? O qué pensará ella. Si se están riendo de ti ahora, ¿qué harán si te vas? Así que te quedas. La otra amiga no te hace ni caso. Prácticamente la está mirando a Ella, como para decir:

–Es problema tuyo, encárgate tú de él.

Lo hace.

Estás apoyado en el mostrador hablando con otro de sus amigos, un capullo de Cork. Por cierto, la única razón de que te hayan invitado es que hay un par de amigos que han venido a pasar solo el fin de semana a los que tienes que conocer. Luego te das cuenta de que son los que estudian edición en Princeton. Uno de ellos, la chica, es de Irlanda, así que ahí lo tienes. Antiguos compañeros de estudios, eso sin duda. Y están a cinco metros escasos, con Ella.

Entonces ocurre. Lentamente. O igual solo parece lento, como si lo recordases a cámara lenta. Camiseta Brasileña se está poniendo una guerrera verde al tiempo que coge una bolsa de lona.

Se te acerca y deja la bolsa en el suelo, al lado de tus pies. Estira los dos brazos dentro de las mangas igual que un pianista antes de una interpretación. Se te quita un peso de encima porque crees que está a punto de irse. Ahora lo tienes plantado delante, mirándote de arriba abajo. Saca un fotómetro, que como bien sabes es lo que usan los fotógrafos para medir la luz que se refleja en una persona a la que se va a retratar, y luego mira lo que marca. El dispositivo te señala directamente a ti. Indica con un gesto unos números a lo que ahora se parece sospechosamente a un pequeño público formado por la chica que quieres y sus cómplices. Charlan entre sí, pero te miran a ti y a tu nuevo amigo con sonrisillas descaradas y alguna que otra carcajada. Le preguntas a Camiseta Brasileña con Guerrera si va a hacer una fotografía. No contesta. Como eres director artístico, conoces los gestos que hace, diciéndole al fotógrafo a qué velocidad de obturación y tamaño de apertura debe disponer la cámara. Te sientes incómodo. Hay algo que no acaba de encajar.

El tipo hace gala de una profesionalidad que empieza a exasperarte. Es viernes por la noche. ¿No deberían estar todos más relajados? ¿Por qué adopta una pose tan seria? Entonces ves que ha desaparecido el fotómetro. ¿Lo ha metido en el bolso? Y tiene en la mano un objetivo de cámara. Lo sujeta delante de la cara. Bizquea con el otro ojo cerrado, mira primero hacia arriba sosteniéndolo a contraluz y luego hacia abajo. Sobreactúa. Sus movimientos son cómicos y grotescos. Como si realizara esos actos para el placer de otros. Pero ¿qué placer? No hace más que mirar el objetivo de una cámara. Retira un poquito de polvo para ver con más claridad.

Lo pillas.

Al principio crees que estás paranoico porque, no nos engañemos, lo estás. Pero luego te das cuenta de que es la única explicación para toda esta travesura. Haciéndolo pasar por una distracción creativa, le dices:

—Puedes hacer que parezca que tengo la polla pequeña.

El objetivo que sostiene en la mano enfocaba directamente tu entrepierna. El bizqueo se vuelve más pronunciado cuando apunta ahí. Te ríes. No te hace gracia, pero te ríes. Reírte siguiendo la corriente es preferible a que se rían de ti. Eso te parece. Le ves reaccionar dando a entender: «¿Cómo lo sabías?». Mira hacia el público en busca de indicaciones. Hace gestos de encogerse de hombros. Te señala, después se señala la sien y articula mudamente «Lo sabe», o al menos eso te parece en retrospectiva. Te mira fijamente, perplejo. Sonríes. Crees que le has dado tú la idea. Lo hace de nuevo.

Esta vez sin tapujos.

Y aquí me gustaría hacer una sugerencia para la versión cinematográfica del libro que estáis leyendo. La pantalla se queda en negro después de los créditos iniciales. Oímos la *Sinfonía Dante* de Franz Liszt, la típica cita pretenciosa en letras blancas sobre fondo negro reza:

> *Por mí se va a la ciudad doliente.*
> *por mí se ingresa en el dolor eterno,*
> *por mí se va con la perdida gente,*
> *abandonad toda esperanza los que entráis aquí.*

Tal vez la advertencia de Dante debería estar escrita en el dintel de la puerta del bar Cat and Mouse en Bleecker Street. A estas alturas, Camiseta Brasileña Ahora con Guerrera dirige el objetivo hacia tu polla y hace una mueca, supuestamente por el esfuerzo que le cuesta ver tu cosita. Retira una mota de polvo imaginaria que sin duda debe de estar ocultando tu miembro minúsculo. Te mira con compasión fingida.

No lo estás pasando nada bien. Pero no puedes dejar que se dé cuenta. Ríes como si te pareciera que es muy ingenioso. Los espectadores también. Te parece que ya sabes lo que está pasando. Te están ridiculizando. Tú eres la diversión. Es viernes por la noche en el pub, y tú, amigo mío, eres la diversión. Te arriesgas a mirar a la chica que quieres.

Está preciosa. Aunque se esté riendo de ti. Y se está riendo. Siempre te ha gustado su risa. Te ríes con ella. Su risa se hace más intensa. Se está riendo de que tú te estás riendo. Ahora señala a Camiseta Brasileña. Miras hacia donde miran sus ojos risueños. Vuelves la cabeza hacia él. Te tiende el objetivo. Te lo ofrece. Se te pasa por la cabeza que si lo coges, por lo menos el gesto pondrá punto final a todo ese calvario. Así pues, lo aceptas. Está tibio. Pero un momento, se me ha olvidado decir una cosa. ¿Cómo he podido olvidarlo? Antes has intentado ir al servicio, pensando: «A tomar por culo, no tengo por qué quedarme aquí y aguantar esto». Has hecho ademán de ir hacia allí con la intención de ordenar tus pensamientos y quizá incluso coger la bolsa y el abrigo y largarte cagando leches.

Pero no.

Hay dos tipos, uno de más de un metro noventa y aire sumamente aristocrático, que te cogen por los hombros con mucha más firmeza de la cuenta.

—Un momento —dice el aristócrata en tono simpático—. Déjame verlo —añade señalando el objetivo.

—Enseguida vuelvo —dices procurando sonreír.

Pero ahora estás más que dolido, o incluso furioso. Estás asustado. Se muestran bastante amables, pero te impiden entrar en el servicio. ¿Qué coño pasa? Te quedas inmóvil.

Necesitas pensar. El tipo del objetivo te guiña el ojo y el público se ríe. Crees que entonces igual puedes intentar abrirte paso a empujones, pero no lo haces. Te das la vuelta y le pides al camarero que llame a la poli. Sonríes cuando lo haces, pero lo haces, y aunque te mira raro, no resulta lo bastante raro. ¿Es posible que también forme parte del juego de salón? No parece lo bastante sorprendido. Te pregunta por qué. Mientras le clavas el pulgar en el pecho, le dices que esos tipos te están acosando. Parece a punto de acceder, pero entonces se va en dirección al público y se pone a conversar con ellos.

Ahora estás muy preocupado.

Así pues, has aceptado el objetivo, pensando que igual la idea de llamar a la poli le ha hecho ver a Camiseta Brasileña que seguir con ese fiasco humillante no tiene sentido. Pero no puedes resistirte a probarlo. Sostienes el objetivo en el mismo ángulo con que te miraba él. Lo diriges hacia su entrepierna y entornas los ojos. Te sientes ligeramente vengado. Lo vuelves a hacer. Así está un poco mejor. Pero tardas un par de compases en darte cuenta de que ahora él tiene otro objetivo dirigido hacia tu polla, ya ridiculizada.

Esta vez es un teleobjetivo inmenso.

Ese debería ser el momento en que le pegas. En que ya has tenido suficiente. Pero de algún modo estás bien. Puedes encajarlo. Hasta tal punto que le sonríes. ¿Le sonríes?

Sí. Y es una sonrisa genuina.

Por alguna razón de pronto todo eso te resulta en cierto modo halagador. Te halaga que esas personas urbanas, cosmopolitas, se hayan tomado tantas molestias para humillarte. Tal vez sea un mecanismo de defensa, pero así es como te sientes, con toda sinceridad. Vuelve a guiñarte el ojo. La clase de guiño que es el último gesto antes de que dos personas se pongan a pelear. Ya he visto otras veces ese guiño. He estado en muchas peleas de bar. Rectifico: me han vapuleado en muchas peleas de bar. Ese guiño significa justo lo contrario de lo que significa por lo general. Es la clase de guiño que le lanza un hombre a otro cuando ha salido a la luz que ha mantenido relaciones ilícitas con su esposa. Dice de una manera burlonamente amistosa: «Me he follado a tu mujer, y por lo tanto te he jodido a ti». Es tan íntimo como la pelea que sigue. Pero no tienes ganas de conocer a ese tipo mejor de lo que ya lo conoces. Estás sonriendo. Tu sonrisa también dice justo lo contrario de lo que diría por lo general. Dice: «No voy a dejarme arrastrar a una pelea con un cabrón como tú. No soy idiota».

Sigue con el teleobjetivo entre las manos.

De pronto hay un destello inmenso.

Inmenso. Al principio te parece un relámpago. Pero ¿dentro?

Entonces te das cuenta de que es el flash de una cámara, y como eres director artístico, sabes que no es un flash normal y corriente. Es un flash de los que usan los fotógrafos profesionales en los estudios. La luz parece alcanzar a todos los presentes como una inmensa mano blanca y tirarte del pecho agarrándote con el índice y el pulgar. Casi te ha arrebatado algo.

Casi. Luego, recuerdas algo sobre los aborígenes o los de Nueva Guinea o algunos así en plan primitivo que creen que la cámara te puede robar el alma. No mucho después de todo esto, estás de acuerdo con ellos. Pero de algún modo sigues intacto. Sencillamente lo sabes. Lo sientes. Has sido objeto de una agresión y la has repelido. No te sientes de maravilla, pero sabes que sobrevivirás. Es una buena sensación. Sabes que por algún motivo te están haciendo fotografías profesionales. No te importa. Lo único que sabes es que una foto tuya en un bar sonriendo no puede servirle de gran cosa a nadie.

Así que sigues sonriendo.

Y sin pensarlo, sacas el dedo de «que te den» de la mano derecha y luego levantas el brazo derecho en dirección al público. No es exactamente una victoria, pero te sientes obligado a reconocer sin tapujos que eres consciente de que te están humillando.

Ahí queda eso.

Con la mirada fija en ellos, esperas a que hagan la siguiente foto. Intentas decirles: «Vale, ¿queréis una foto mía? Aquí la tenéis. Es la única que me vais a sacar esta noche». Pero Camiseta Brasileña tiene una idea. No es mala, hay que reconocerlo. Empieza a escudriñar a través del teleobjetivo el dedo levantado. No es tu polla, pero como si lo fuera.

Te das cuenta de lo que se trae entre manos y vuelves a bajar el brazo. Se lleva un chasco. Te indica que vuelvas a levantar el brazo. Te niegas. Ahora está molesto. Las cosas no van según lo planeado. Él mira a la chica de tus sueños en busca de inspiración. Está ocupada felicitándolo por la idea del dedo. Ella le aplaude sin hacer ruido. Él hace una inclinación.

Ella quiere que lo haga de nuevo.

—No lo hemos captado —dice Camiseta Brasileña—. Vuelve a hacer eso con la mano y te dejamos en paz.

Lo interpretas como una victoria. Hasta el momento no estabas seguro de si toda esta farsa era real o imaginaria —a fin de cuentas, has estado sometido a mucho estrés últimamente—, pero ahora lo sabes. Tomas la decisión de que, al margen de todo lo demás que pase esta noche, él, ellos, ella no obtendrá esa foto tuya.

Sonríes. Quieres hacerle saber que estás ganando o que por lo menos crees que estás ganando. A continuación el tío saca un peine. Lo levanta para que lo vea todo el mundo. Igual que un mago, lo sostiene entre el índice y el pulgar. Te peina con destreza primero el hombro derecho y luego el izquierdo. Este último giro te deja perplejo de veras. Entonces lo pillas. La miras. Su semblante es exquisito, pero tiene los ojos vidriosos de odio.

Hacia ti. ¿Te odia? ¿Por qué? Eso no es importante ahora mismo. Ahora mismo tienes que largarte de aquí. Para tu vergüenza y constante oprobio, tienes pelo en la espalda y los hombros. Más adelante te lo depilarás a la cera, pero de momento, ahí está.

La única persona de la sala que está al tanto de esa vegetación es Aisling… y ahora monsieur Camiseta Brasileña. Ella se lo contó. Empieza a desenmarañarse la enormidad del asunto. Está decidida a destruirte. Es entonces cuando en realidad tienes que reprimirte para no hacer algo patético, como darle un puñetazo o una patada a alguien.

Siempre agradecerás no haberlo hecho.

En Estados Unidos las demandas judiciales son habituales, y con alguien que gana 300.000 dólares al año merece la pena el esfuerzo. Ahora Camiseta Brasileña intenta provocarte de manera flagrante con el peine, el objetivo y algún que otro pinchazo con el dedo en el pecho, en combinación con ese guiño. Tú sigues escudado en el shock. Deseas con todas tus fuerzas atacarlo, pero algo te detiene.

Rezas.

Igual fue eso. En realidad, tengo que ser más concreto. Sé que fue eso. Si no, habría intentado matarlo. Y cuando vuelvo la vista atrás, el que se hubiera puesto la guerrera debía de querer decir que esperaba que lo intentase. Con gente tomando fotografías y testigos por todas partes, no habría sido una buena jugada. Mi idea publicitaria de que alguien iniciara una pelea debajo de su fotografía se habría hecho realidad. Qué poético.

Habría sido una aportación excelente a su libro. El publicista que se empaló en su propia espada envenenada. Ella podría hacer de ángel vengador. Imaginé su rostro hermoso e inocente en la contracubierta. Un bonito retrato en blanco y negro, obra de Peter Freeman.

No, no sacaría ese libro hasta que hubiera acabado de trabajar con él. Claro que ni siquiera él estaba a salvo. Tendría que andarse con pies de plomo. Ella podía sacarle tantas fotos como quisiera a lo largo de un periodo de cuatro años.

Así que al final me las arreglé para no ofrecerle todo lo que quería para su libro, salvo unas cuantas fotos estáticas plantado cerca de una barra de bar con una mueca estúpida en la cara. Igual eran lo bastante buenas para que las usase. Igual no, pero por lo menos no le di una imagen mía revolcándome por el suelo en una trifulca de bar.

Supongo que escribir esto es un intento de buscar sentido a lo que ocurrió e intentar quitármelo de encima. De hecho, me pregunto si de verdad ocurrió. Es como si me lo hubiese imaginado. Lo raro es la astucia de la intriga. Siete años atrás me habría encantado meterme en algo así, entonces me traía entre manos jueguecitos parecidos. Pero mis esfuerzos no eran más que vandalismo espiritual.

Esto era profesional.

Me hice daño a mí mismo con una chica con la que había estado saliendo cuatro años y medio. Ese medio es importante. Me porté como un cerdo con ella. Fui infiel e insensible y me pasé borracho la mayor parte del tiempo. Ella dijo que quería un poco de espacio. Al principio me encantó y luego quedé destrozado. Una gran excusa para beber. Así que bebí. Mucho. Pero mientras me metía toda esa priva entre pecho y espalda, me entretenía sirviéndome del rollo del corazón roto para liarme con otras chicas que pululaban por los sórdidos bares que frecuentaba. Las engatusaba para que cayeran en mi supuesta red, y cuando estaba convencido de que se habían enamorado de mí, empezaba a volverme contra ellas. Me imaginaba como un playboy de aire despreocupado con esmoquin y pañuelo. Disfrutaba haciéndoles daño. No era consciente de la gravedad del efecto que era capaz de provocar. Solo me daba cuenta de lo que les gustaba yo después de haberles hecho daño, y para entonces ya era demasiado tarde. Rectifico. Lo sabía. Por eso exactamente les hacía daño. ¿Cómo podía gustarles yo? Las estaba castigando por apreciarme. También sabía que incluso después de haberlas herido seguirían apreciándome incluso más, debido a su naturaleza bienintencionada.

Me avergüenza decir que consideraba que eso era la parte más endemoniadamente ingeniosa de todo el asunto. El que fueran afectuosas y cariñosas por naturaleza sería la rueda de molino que las arrastraría al fondo. La fórmula es perfecta. La enfermera acaba estando dispuesta a sacrificarse por el paciente. Pero el paciente no sufre de una dolencia externa, sufre heridas autoinfligidas. La enfermera quiere evitarle el dolor. El paciente quiere que ella también sienta ese dolor. ¿Cómo si no llegará ella a entenderlo? Así pues, ella se le suma. Ahora hay dos pacientes. O algo por el estilo. Pero yo, por lo menos, fui capaz de reconocer algunos síntomas de lo que estaba ocurriendo. Cosa que nunca habría podido hacer si no hubiera pasado por ello en persona.

Quiero asimismo mencionar aquí una práctica francesa que tiene relación con esto. He oído que entre los franceses más aristocráticos existe la moda de invitar a una reunión social a lo que en Irlanda llamamos un saco de boxeo verbal. Es muy importante que la víctima no sepa lo que ocurre.

Invitan a una cena o a una reunión a la víctima y esta, sin darse cuenta, aporta a los demás invitados una diversión considerable. La velada es un éxito si todos pueden lanzar pullas al pobre cabrón y un éxito mayor incluso si el pobre desgraciado no se da cuenta de lo que ocurre. Así que sé que debéis de estar pensando «Joder, este tipo está de lo más resentido por lo que ocurrió», pero os aseguro que no quiero que el libro de ella se publique sin que haya alguna clase de reacción por mi parte. Quedaría completamente indefenso.

No sé si conseguiré que alguien publique esto, claro, pero espero conseguir publicarlo antes de que salga su libro. Así seré quien diga la primera palabra. Luego me importa una mierda qué fotos mías tenga.

Bueno, ¿os lo imagináis?

Un puto ensayo fotográfico de una parte de tu vida. ¿Justicia? ¿Es justicia que alguien manipule mi imagen después de haber pasado los últimos diez años en publicidad manipulando imágenes por dinero? Quizá lo sea. Al menos si leéis esto podéis oír mi versión. Yo sé que si veo su libro e incluye a un tipo relacionado con la publicidad, daría por sentado que se merecía lo que le pasó. Son estereotipos, claro. Como el de que esperaba que me pegaran un tiro en Nueva York nada más bajar del avión.

Bueno, ya estoy otra vez yéndome por las ramas. ¿Dónde estaba? Ah, sí. El Cat and Mouse, Dios santo, aún me estremezco cuando paso por delante. Ahora tengo una novia que vive en esa zona. Paso a menudo por delante del bar. No me gusta. Ella está al tanto de todo esto. Es francesa. Al principio me dejó helado que viviera cerca, porque pensé que era una de la panda de Aisling reclutada para putearme aún más. Cree que debería ir a terapia. Qué jeta. Ya estoy yendo a seis reuniones de AA a la semana. Pero es maja. Me gusta. Yo le gusto. Digamos que nos gustamos. En francés polla se dice *bitte*, por cierto. Supongo que es una especie de final feliz porque en realidad no ha acabado nada, sigo vivo y tengo toda la intención de seguir así, y todavía estoy esperando a que salga su libro.

De hecho, acabo de caer en la cuenta de que este libro no tiene final, si es que es un libro, no tiene un final feliz ni todo lo contrario. No será más que una coma en la frase que se añadirá cuando salga su libro. Todo esto tiene algo de venganza. Me doy cuenta de que hay una parte de mí que está siendo mezquina y triste, retorcida y amargada y en general como las raíces de un árbol europeo (en este puto país no se ven raíces nudosas). Página tras página de bilis con el gesto torcido. Pero, sinceramente, no me siento así.

Esperad a oír esto. Justo antes de que decidiera largarme del Cat and Mouse aquella noche, una madonna de ojos verdes que parecía demasiado joven para servir alcohol le pasó una pinta de Coca-Cola a un tipo de Cork. El tipo de Cork le pasó una pinta de Coca-Cola a un tipo de Deelford que llevaba poco menos de seis años sin beber alcohol. Era alcohólico. Para empezar, no tendría que haber estado en un bar. Vivía peligrosamente. Después de todo, estaba peligrosamente enamorado de la chica que acababa de pedir la bebida. Esa pinta de Coca-Cola no parecía muy distinta de las pintas de Guinness a las que parecían aferrarse todos los demás.

De eso se trataba. De encajar. Y había tenido una noche rara. También había bebido un montón de puta Coca-Cola. Pero esta se la había pedido ella. Era especial. Él lo sabía. Ella lo sabía. El tipo de Cork lo sabía. Digamos que se sabía. El tipo de Deelford aceptó el vaso. Ella le miró desde donde estaba. Parecía empeñada en mantener una distancia prudencial. Como si temiera que él se le abalanzara sin avisar. Casi como si quisiera que se le abalanzara. Se quedó allí, preparada para entrar en acción. Su pose tuvo un efecto extraño en él, que se sorprendió rebuscando en su alma motivos por los que podría abalanzarse sobre ella.

No encontró ninguno. Lo protegía algo. Alguna otra cosa. Algo se había interpuesto entre él y la necesidad de abalanzarse contra ella. Sabía por lógica que lo habían ridiculizado, con pericia, pero su derecho a réplica había quedado pospuesto. No anulado, solo demorado.

Ella levantó el vaso en un gesto de saludo burlón y le lanzó un guiño que daba a entender «Te he pillado», y que debería haberle dolido, pero no le dolió. No esa noche. Luego se le clavaría tan dentro que tendría que rechinar los dientes para poder respirar. Al ir entendiendo lo que ocurrió la sangre le herviría dentro como si se le hubiera vuelto venenosa. Igual que cristal molido corriéndole por las venas. Vería su precioso rostro riéndose de él.

Aquella noche, sin embargo, no le afectó nada de eso. Levantó la pinta y la mantuvo en alto, creando, aunque solo fuera por unos instantes, una simetría entre ellos que no había existido hasta entonces. Si esto fuera una peli, veríamos un primer plano de ella tomando un sorbo de Guinness y luego pasaríamos por corte a la boca de él al levantar la Coca-Cola. Planos alternativos de uno y otro. Ella hunde el labio superior en el líquido espumoso. Él también. Ella traga. Él no. Ella aparta el vaso de los labios y lo alza en un ademán triunfal.

El vaso de él permanece delante de la mitad inferior de su cara. Su labio superior está frío por efecto de la Coca-Cola. Huele el vodka. Cree que huele a vodka. El tipo de Cork los mira como si disputaran un partido de tenis. El tipo de Deelford obedece una voz que solo reconoce días después. No te lo bebas. Él no tiene sed. Después de todo, ya se ha tomado unas cinco pintas de eso. Se supone que el vodka no huele. AA está lleno de gente que lo creía. Por eso se lo pimplaban con tal vehemencia. Un alcohólico no quiere oler a priva. Es curioso, en realidad: se podría pensar que no nos importaría.

Pero un truquito que aprendes si no quieres empezar a beber otra vez es acostumbrarte a oler todo lo que bebes.

Incluso el té.

Es una buena costumbre. Puede salvarte la vida.

Pues bien, el caso es que si esto se publica, lo más probable es que ella no publique su libro de ensayos fotográficos porque sus métodos habrán salido a la luz. O si lo publican, entonces al menos podré decir la primera palabra, y habré aireado todos mis sentimientos acerca de lo que ocurrió. Si esto no se publica, entonces lo más probable es que su libro salga dentro de un año o así, y me vea humillado o al menos levemente abochornado y ella sea la triunfadora y quede impresionado con ella por toda la eternidad. Por otra parte, si estáis leyendo esto, no solo lo publiqué sino que ahora estoy trabajando en mi siguiente libro o en el guión de este.

Ya me podéis felicitar.